からかってんの？
さいってー
気づかないフリした恋《こい》に出会う――
ははは――
だよなー
告白予行練習
イジワルな出会い
原案／HoneyWorks
著／香坂茉里　イラスト／ヤマコ

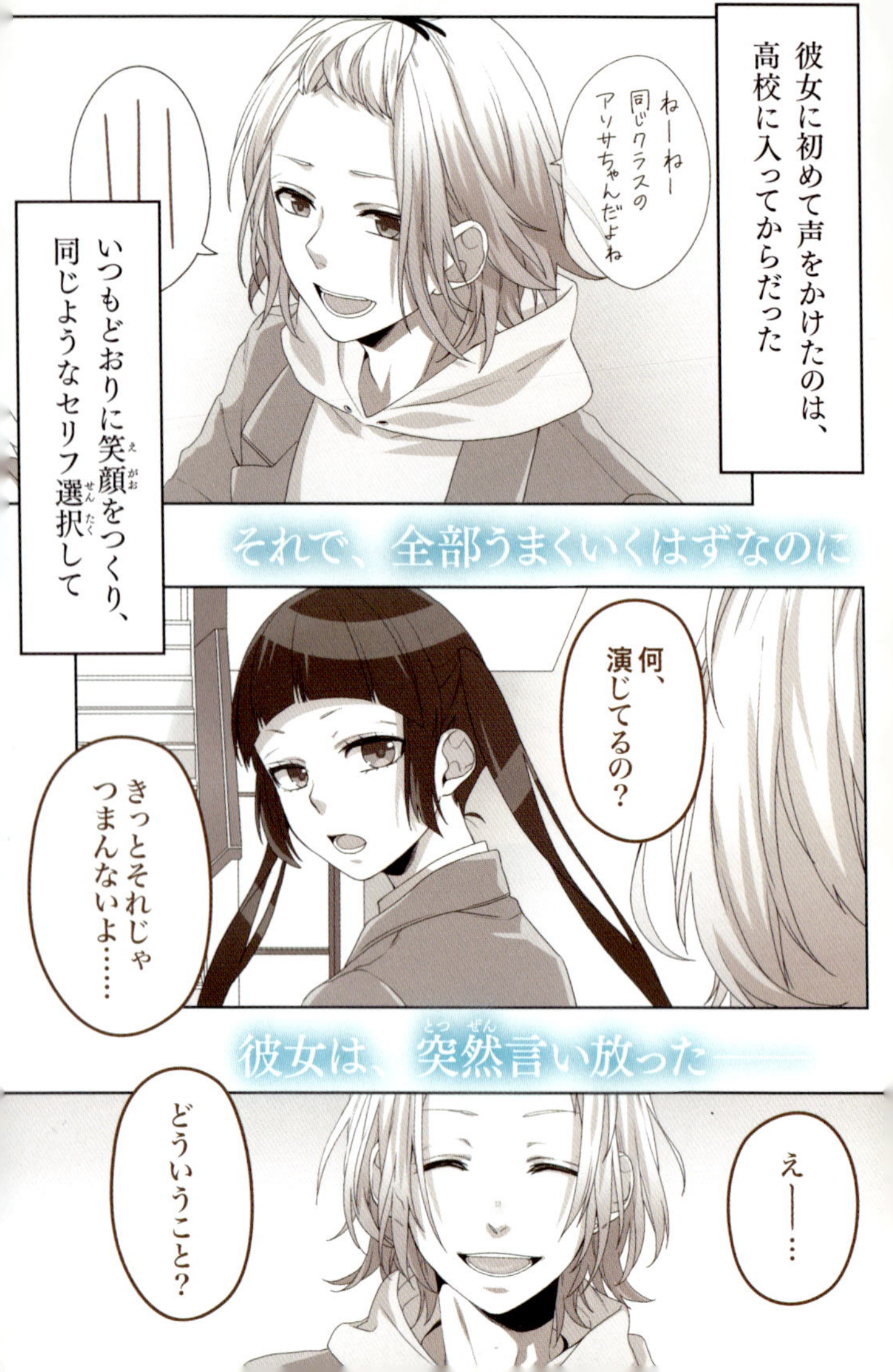
彼女に初めて声をかけたのは、高校に入ってからだった
ねーねー同じクラスのアリサちゃんだよね
―――
いつもどおりに笑顔《えがお》をつくり、同じようなセリフ選択《せんたく》して
それで、全部うまくいくはずなのに
何、演じてるの？
きっとそれじゃつまんないよ……
彼女は、突然《とつぜん》言い放った――
え――……
どういうこと？

僕の心揺《ゆ》らす
君の言葉はチクチクで
あの一言が、
頭から離《はな》れなくて、
なにも楽しむ気になれない
優《やさ》しさ詰《つ》め込《こ》んで、
少しイジワルなんだ――
なんなんだよ。
人のこと、全部、
見透《みす》かしたみたいに
ガッ

本気で誰《だれ》かに
恋《こい》したことなんてない。
心揺《ゆ》さぶられるような
相手なんて知らない。
それでいいはず、
だったのに――
ねー
これから〜…
デスヨネ……
サッ

どうやったら、
ふり向いて
くれるんだろ？

どうやったら、
笑ってくれるんだろ？

どうやったら、
その瞳《ひとみ》に映《うつ》るんだろ？

いつも心乱《みだ》す
君の言葉はチクチクで

からかってない
君の心揺らす　僕の言葉はありますか?
本気になんてならないよ?
だって、そうじゃん
楽しんだ人が勝てる〝恋愛《ゲーム》〟なんだから――

俺
結構本気だから
とかっこつけてたくせに。めちゃくちゃ、本気になって
ずっと、気づかないで片想《かたおも》い——
心の片隅《かたすみ》に僕がいるなら…

何年越《こ》しだよ?
君の心揺らせ
僕の言葉で引き寄せて
……このままじゃ、
ダメだって
←ようやく気づいた片想いの行方は…!?

告白予行練習

イジワルな出会い

原案／HoneyWorks
著／香坂茉里

20624

角川ビーンズ文庫

本文イラスト/ヤマコ

CONTENTS《もくじ》

◇◆◇ introduction☆〜イントロ〜 ◇◆◇

「ねーねー、同じクラスのアリサちゃんだよね？」


初めて声をかけたのは、高校に入ってからだった。

廊下《ろうか》で呼び止め、いつもどおりに笑顔《えがお》をつくり、同じようなセリフ選択《せんたく》して。

それで、全部うまくいくはずなのに。


「何、演じてるの？」

隠《かく》してきた感情も、本心も全部見透《みす》かしたように。

彼女は突然《とつぜん》言い放った。

「きっとそれじゃつまんないよ……」

心揺《ゆ》さぶったその一言に、とりつくろってきた笑みがはがされる。

この瞬間《しゅんかん》、きっともう、『恋愛《ゲーム》』は始まっていたんだ——。

◆◇◆♥♥◆◇◆

高校に入ってから彼と初めて同じクラスになった。

初めて声をかけられた。

他《ほか》の女の子たちに向けるみたいに、にこやかな笑顔と、うわっつらの言葉。

ああ、知ってる、この人の笑顔は偽物《にせもの》。

きらわれたくなくて、本心を押し隠して、周りに合わせて。


（私と似てる……）


「きっとそれじゃつまんないよ……」

そう言い放って、背を向ける。

立ち尽《つ》くしている彼を残して、その場から立ち去った。


——ねえ、君の『本気《きもち》』はどこにあるの？

柴崎健《しばさきけん》

4月1日生まれ　おひつじ座・O型

高一。女子にもてるが、
基本チャラい。両親は不仲で、
弟・愛蔵とは口をきいていない。

榎本虎太朗《えのもとこたろう》

11月29日生まれ　いて座・O型

高一。サッカー部所属。
健の中学時代からの友人。
幼なじみの瀬戸口雛に片想い。

Word1 ～言葉1～

山《やま》本《もと》幸《こう》大《だい》

11月7日生まれ　さそり座・A型

高一。新聞部所属。
健の中学時代からの友人。
無口で本が好き。

シバケンーの奴
腹イテェって
保健室行ったっきり
だなー…
様子見てくっかー
それは
やめた方が
良いと思う…

◇◆◇ Word1☆～言葉1～ ◇◆◇

放課後、柴崎健《しばさきけん》は駅前の待ち合わせスポットで時間をつぶしながら、携帯《けいたい》をいじっていた。

新しく同じクラスになった生徒たちと一緒《いっしょ》だったが、話が少しも耳に入ってこない。

いつもなら、もう少し愛想《あいそ》よくできるのに、そばで話しかけてくる女子生徒に相づちを打つ気にもなれなかった。

『何、演じてるの？』

高見沢《たかみざわ》アリサから思いがけず投げつけられたその一言が、頭から離《はな》れなくて、繰《く》り返し、繰り返し、思い返している。

「それでねー、ミカのカレシがーって、ちょっと、聞いてる？　シバケン」

（あーっ、くそっ!!）

声に出してはき捨てたいのをこらえて、ズボンのポケットに携帯を押しこむ。

「ごめん、今日、帰るわ」

「えっー、これからみんなでカラオケ行くのに⁉」

「あー、またね」

不満そうな声を上げる女子を適当にあしらって、健はその場を離れた。


アリサとは、同じ中学だった。といっても、クラスが同じになったことはなかった。中学時代からよく一緒につるんでいた榎本《えのもと》虎太朗《こたろう》と彼女が同じクラスで、そこそこ話す仲だったから、それを遠巻きに見ていたくらい。すれ違《ちが》う程度の関《かか》わりしかなかった相手だ。

彼女は人との付き合いがあまりうまくないようで、そのころから友達らしい友達もいなかった。

クラスでも孤立《こりつ》していたらしく、昼休み中などはよく一人で頬杖《ほおづえ》をつきながら、ぼんやりと窓の外をながめていた。

部活に入っていた様子もなく、放課後になればさっさと帰ってしまう。

美人だと思うが、ツンとすましていて愛想のかけらもなく、人をよせつけない。

今まで柴崎健の周りにいたのは、ノリが軽くて、一緒にいてそれなりに楽しくて、その場限りの付き合いで満足しているような女子ばかりだった。

けれど、アリサはそうした女子たちとはタイプが違う。

手ごろに付き合う相手には全然向かない。

それなのに、彼女のことが気になったのは、不器用で、空まわってばかりいる姿に、うまくやれていなかったころの自分の姿が、ふと重なったからだろうか。


もう少し、うまくやればいいのに……。

そう思いながらも、中学時代は手を貸す口実が見つけられなくて、『しっかり見ててやれよ』なんて、彼女と同じクラスだった虎太朗に言うのが精一杯《せいいっぱい》だった。

高校に入って、同じクラスになって、ようやく自分を動かすだけの口実を見つけられたから、それなりに決意をかためて一歩を踏《ふ》みだしてみたつもりだったのに……。

(なんなんだよ。人のこと、全部、見透《みす》かしたみたいに)

やっぱり、ああいうタイプはダメだ。合わない。

全然、かわいくない。せっかく、声をかけたのに。

どうしようもなくムカムカして、健は信号脇《わき》のガードレールに八つ当たりした。

けれど、足が痛くなっただけで、どうにもすっきりしない。

「あーっ……クソッ、おもしろくねーな」

そんなつぶやきをもらし、信号がかわると同時に歩きだした。

◆◇◆♥◆◇◆

昼休みの保健室は、先生も留守にしていることが多い。昼食をとるために学外に出ていたり、職員室で会議があったりするからだ。

その時間を見はからって、健は女子と落ち合う。

開いた窓から吹《ふ》きこむ風が、パタパタとカーテンを揺《ゆ》らしていた。

「やっぱり、リカちゃんが一番だわ～」

「どうせ、みんなに言ってるんでしょー」

クスクス笑う彼女を、健は後ろから抱《だ》きしめる。

(ほら、うまくいくじゃん)

それなのに、どうして彼女だとまったく通用しないのだろう。

(なんでだ?)


「そういえばね……」

話しかけられているのに、健は上の空だった。

「ちょーっと、シバケン? シバケン!」

耳をギューッとひっぱられ、目の前にいる相手に意識を戻《もど》す。

「他《ほか》の女の子のこと、考えてたんでしょう?」

「……まさか。見とれてただけだけど?」

「それは、どーも」

彼女は白けたように言うと、パッパと制服をととのえて立ち上がった。

「あれー……続きは?」

「他の子に頼《たの》んだら?」

にっこりほほえんで、保健室を出ていってしまう。

ピシャリといつもより強めに閉まったドアの音に、健はやってしまったとため息をついた。

（どうにも調子が狂《くる》うよな……）

不調の原因は、どう考えても一つだけだった。

◆◇◆♥◆◇◆

昼休みももうじき終わるというのに、柴崎健は保健室に行ったきり戻ってこない。

榎本虎太朗は、「なにやってんだ？」と教室の時計に目をやった。

午後から体力測定があり、一年生は体操服に着がえて校庭に集合することになっている。

生徒たちも席を立ち、そろそろ更衣《こうい》室に移動し始めていた。

虎太朗も山本幸大《やまもとこうだい》と一緒に、廊下《ろうか》へと出る。

「シバケンの奴《やつ》、腹イテェって保健室行ったきりだなー。様子見てくっかー」

「それはやめた方が良いと思う…」

幸大はなぜか微妙《びみょう》な表情になって、ボソッと答えた。

「ん…？　なんでだ？」

「……」

そんな話をしているあいだに、健がズボンのポケットに両手をつっこんだまま戻ってきた。

「シバケン、なにやってんだよ。移動だぞー」

「次、なんだっけ？」

「体力測定！　さっさと準備しねーと、怒《おこ》られるぞ」

「あー……俺、サボるわ」

健は面倒《めんどう》そうに言うと、ヒラヒラ手をふりながら教室に戻ってしまう。

「ったく……あいつは。なに考えてんだろうな？」

虎太朗は、「行こうぜ」と幸大をうながして、更衣室に急いだ。

◆◇◆♥◆◇◆

昼休みになると、幸大と虎太朗の三人で集まり、だらだらと過ごすのは、中学の時から変わっていない。

以前は健と幸大が虎太朗のクラスに足を運ぶことも多かったが、高校に入ってからは、虎太朗が健と幸大のいるこのクラスにやってくることが多くなった。

健がいじっていた携帯《けいたい》から顔を上げると、幸大は本を手に黙々《もくもく》と読み進めているところだ。

一度本に没頭《ぼっとう》しはじめると、話しかけても生返事しか返ってこない。

頬杖《ほおづえ》をついている虎太朗のほうに目をやれば、ぼんやり瀬戸口《せとぐち》雛《ひな》を見つめている。


(あー……つまんねー)


虎太朗と幸大、それに雛とは同じ中学の出身だ。

虎太朗がわざわざこの教室で昼休みを過ごすのは、雛がいるからだろう。

(それにしても、よく飽《あ》きずに片想《かたおも》いが続けられるよな)

中学のころからこの二人を見ているが、進展する気配なんて微塵《みじん》もない。

雛は虎太朗などまったく眼中になく、それどころか、最近では好きな先輩《せんぱい》を追いかけるのに夢中のようだ。

見込みなんてないのだからあきらめてしまえばいいのにと、健はひそかに思う。

女子なんて他にいくらでもいるだろう。

けれど、虎太朗にとっては、瀬戸口雛だけが『特別』な相手なのだ。

他の女子に目移りするなんて、考えもしないのだろう。

いつだって、虎太朗は本気だ。見ているほうが恥《は》ずかしくなるくらいに。


「なー、瀬戸口ってさー。胸で……」

「わ————————っ!!」

虎太朗が健の話をさえぎるように声を上げる。相変わらずの大声だ。

「……うるさいよ」

読書中の幸大が、本のページをめくりながらさりげなく注意する。

「どっ……どこ見てんだよ。シバケン」

虎太朗は周りの目を気にするように声のボリュームを落としながら、赤くなっていた。


「そういえば、虎太朗って瀬戸口さんと幼なじみなんだっけ」

幸大がふと顔を上げてたずねる。

「ん？　あぁ、なんで知ってんだ」

「んー……ウワサ？」

「へー……じゃあ、もう揉《も》んだのか？」

健が茶化《ちゃか》してきくと、虎太朗が「ブッ！」と吹《ふ》きだした。

「だからっ‼　なんでそうなんだよ‼」

「健全な男子高生なら普通《ふつう》……なあ？」

「お前の普通は普通じゃねーんだよ！」

（そっか？　普通……だろ？）


「なぁ？　幸大～」

「僕にふらないでくれる？」

幸大はそっ気なく返すと、また本に意識を戻した。

相変わらず、この手の話題になるとノリが悪くなる。

（そういや、幸大の恋愛話《れんあい》とか聞いたことねーな）

幸大は虎太朗ほど、わかりやすくない。顔や態度にはまったくと言っていいほど、出さないからだ。


「で……虎太朗は瀬戸口のどこが好きなわけ？」

携帯でメッセージを送りながらきくと、虎太朗がビクッと反応する。

「あーいうタイプって付き合っても面倒くさそーじゃね？　なんか、重いっつーか」

「シバケンが軽すぎるんだと思う」

幸大の言葉に、虎太朗が「だよな……」と相づちを打つ。

「あー？　そうか？」

そのうちに健の携帯に電話がかかってきた。

「あー、リカちゃーん？　今度のデートさー……って、えー……あ、マジで⁉」

明るい声で出ると、相手の話に合わせて笑う。そのまま席を立ち、二人を残して教室を後にした。

(軽い……か)

電話を耳に当てたまま調子を合わせてしゃべりながら、廊下を歩く。


本気で誰《だれ》かに恋《こい》したことなんてない。

心が揺《ゆ》さぶられるような相手なんて知らない。

虎太朗のように、誰かをずっと見つめていたいと思ったこともない。

どうしようもないほど熱望する気持ちも、一人をただ愛《いと》おしく思う気持ちも、ずっと自分の中に見つけられずにいる。

（それでいいさ……）

今さら、こんな自分を変えられるはずもない。

携帯を切って、ふと足を止める。

何気なく窓の外に目をやると、中庭のベンチに同じクラスの高見沢アリサが一人で座っていた。

（あんなところで、弁当食ってんのか……）

そういえば、昼休みになるといつも、フラッと教室を抜《ぬ》けだす。

戻《もど》ってくるのは、授業が始まる直前だ。

いつもそっ気なくて、クラスの女子と積極的に関《かか》わろうとしない。

中学の時のように他《ほか》の女子から敬遠されているというよりも、あえて自分から孤立《こりつ》しているように見える。

アリサが自分からうれしそうに話しかけていたのは、読者モデルをやっている三年の成海聖《なるみせ》奈《な》くらいだ。

入学して間もないころ、渡《わた》り廊下《ろうか》で聖奈を見かけたアリサは、頬《ほお》を紅潮させ、興奮気味に話しかけていた。

あんな風に瞳《ひとみ》を輝《かがや》かせて誰かとしゃべる彼女は、他に見たことがない。

いつも、一人でも平気みたいな顔をしているけれど、本当は平気ではないはずだ。

ソワソワして、誰かに話しかけたそうな顔をしていることもよくある。

本当は、しゃべるのが好きで、笑うのも好きで、人と関わりたいくせに。

(演じてんのはそっちだろ……)

「なにやってんだよ」

口から出たその言葉は、誰に対してのものか、自分でもよくわからなかった。

健は迷ってから、「あー……ったく」とつぶやいて足の向きをかえる。

◆◇◆　◆◇◆

中庭には、アリサの他に生徒の姿は見当たらなかった。

校舎のほうから、にぎやかな生徒たちの声だけが聞こえてくる。

「アリサちゃん」

呼びかけると、弁当を食べていたアリサが、びっくりしたようにふり返った。

警戒《けいかい》したような表情を見せる彼女に、健はニコッと笑ってみせる。

「ここで、お昼食べてんだ。おっ、うまそーじゃん。そのお弁当って、もしかしてアリサちゃんがつくったりするの？　それともお母さん？」

軽い調子で話しかけるがアリサからの反応はない。わずらわしそうな目でにらまれただけだ。

「いいよね、手作り弁当ってさー。あっ、そうだ。今度、一緒《いっしょ》にケーキ食べにいかない？　この前、おいしいお店教えてもらったんだよね。俺、おごるよ？　ねぇ、だからさ、行こうよ？」

アリサはクルッと背を向けて、黙々《もくもく》とおかずを口に運ぶ。

彼女は迷惑《めいわく》そうな顔をしていたが、健はおかまいなしにそばでしゃべり続けた。

たいてい、そうしているうちに、そっ気なかった女子も笑ってくれるようになる。

今までの経験からいってそうだった。

「アリサちゃんってさ、髪綺麗《かみきれい》だよね？　伸《の》ばしてんの、いつからー？　中学のころから長かったけど……その髪形ってさ、やっぱほら、成海聖奈さんを意識してるから？」

それまで無言だったアリサが、健の言葉にピクッと反応した。

（ふーん、やっぱ、成海聖奈が好きなんだな）

あんな風になりたいと思っているのだろうか？


「あっ、もしかして、アリサちゃんってさ。モデル志望？　アイドルとか憧《あこが》れてる？　実は、歌って踊《おど》れるとか⁉　いや、想像つかないけど。でも、見たい気も……」

独り言のようにもらしていると、アリサがスックと立ち上がる。

弁当はいつの間にか片づけられていた。

「あれ、アリサちゃん。お弁当は？」

なぜかキッとにらまれて、健は「えっ、なに？」とたじろいだ。

アリサは弁当袋《ぶくろ》をつかむと、早足で校舎へと戻っていく。

（成海聖奈の話題が……マズかったか？）

健はアリサを見送りながら、頭の後ろに手をやった。

「興味あると思ったのに」

(いや、絶対興味あるだろ?)

もしかして、隠《かく》しておきたいことだったのだろうか?

聖奈はかわいくて、オシャレで、学生のうちにモデルという華《はな》やかな仕事についている。

彼女を目標にしている女子は多い。アリサが憧れを抱《いだ》く気持ちも、わからないではない。

「笑えばかわいいのにな……あの子だって」

校舎に引き返しながら、健は無意識につぶやいていた。

◆◇◆　♥♥　◆◇◆

それからも、健は見かけるたびに話しかけてみるけれど、アリサの態度は変わらない。

むしろ、前よりも警戒されているようだった。

(それでも……懲《こ》りずに、今日もセリフで挑《いど》んでみる!)

「アリサちゃーん」

アリサは無言のまま、急ぎ足で立ち去ろうとする。

「今日も素敵《すてき》につれないんだけど。もうちょっと笑ったほうがかわいいと思うよー？」

隣《となり》に並び、彼女の顔をのぞきこみながらできるだけ愛想《あいそ》よくほほえんだ。

顔が近くてびっくりしたのか、彼女はバッと飛び退《の》く。

「か……からかってるでしょ!?」

思わずというように、彼女がようやく口を開いた。

「いや、ほんと、かわいいって。ためしに笑ってみなよ？」

「…………で……」

アリサはプルプルと小さく身をふるわせる。

健はよく聞きとれなくて、「え？」とききかえした。


「よらないで、話しかけないでっ、接近禁止っ!!」

キッとにらみつけながら、アリサが胸の前で大きなバッテンをつくる。

「いや、そこまでいやがらなくても！」

ジリジリと後じさりして距離《きより》をおこうとする彼女に、健は苦笑《くしょう》した。

「俺、怒《おこ》らせること言った？　言ったなら謝るからさ。機嫌《きげん》直してよ。俺はただ仲良く……」

「ならない！」

「……あの、アリサちゃん？　俺、ほんと、なにかしましたっけ？」

「……用もないのに話しかけるのも禁止だから」

アリサは身をひるがえすと、教室に入ってピシャリとドアを閉めた。


「ええー……それじゃ、どうやって仲良くなればいいわけ？」

とり残された健は、困り顔で独り言をもらす。

それから、腕《うで》でバッテンをつくっていたアリサの不機嫌な顔を思い出して、プッと笑った。

(なんだ……やっぱ楽しーじゃん)

拒否《きょひ》なんてしないで、もっと話せばいいのに。もっと笑えばいいのに。


「シバケン、なにやってんだー？」

廊下にたたずんだままでいると、購買《こうばい》から虎太朗と幸大が戻《もど》ってきた。

「今、話してたのって高見沢さん？」

幸大が教室の方をチラッと見た。

「そーいや、最近、なんで高見沢に話しかけてんだ？」

虎太朗も怪訝《けげん》そうな顔をしてたずねた。

「さぁ、なんでだろー？」

はぐらかすように答えると、虎太朗は「？」という顔になっている。

「それより、虎太朗。早く食わないと時間なくなるぞー」

虎太朗は「あっ、そうだ！」と思い出したように言って、教室に入った。

健もその後に続こうとすると、「シバケン」と幸大に呼び止められる。

「ん？　なんだよ、幸大」

「節操って、大事だから」

幸大はそう言うと、メガネをクイッと押し上げた。

◆◇◆♥◆◇◆

放課後になり、生徒が続々校舎を出ていく。

健が昇降口《しょうこうぐち》に向かうと、アリサもちょうど靴《くつ》をはきかえているところだった。

彼女は部活に入っていないから、学校が終わればそのまま帰宅するのだろう。

ニンマリ笑ってから、健は彼女を追いかけて外に出た。

正門に向かう途中《とちゅう》で追いつき、「アリサちゃん」と呼び止める。

ふり向いたアリサは、「うっ」とわずかに後じさりした。

その顔にはあからさまに、『苦手』と書いてある。

（まだ警戒《けいかい》されてんのか）

なかなかかたくなな態度を変えてくれない。

それでもかまわず、笑顔《えがお》で話しかけた。


「帰り道にさ、おいしいジェラートの店あるんだけど……」

「行きません。用がないなら、話しかけないで」

「用があるから話しかけてんだけど？」

アリサはムスッとして無言になる。

「俺はもっと、アリサちゃんのこと知りたいんだよ」

「……知ってもおもしろくないわよ」

「えーっ、おもしろいよ？」

健がにこやかに答えると、アリサはグッと言葉につまった。

「もうちょっとさ、俺にも興味持ってくれるとうれしいんだけど？」

「悪いけど、私、柴崎君になんの興味もないから」

アリサは拒否するように片手を見せ、そのままスタスタと正門を出ていってしまう。

「うーん……」

思わずうなっていると、銅像の陰《かげ》から忍《しの》び笑いが聞こえてくる。

（この声……）

「お前らさー、なに、盗《ぬす》み見とかしてんの？」

健が銅像に近づいて後ろをのぞくと、幸大と虎太朗がしゃがんで必死に笑いをこらえていた。

「盗み見じゃねーよ。たまたま！　たまたま、通りかかっただけ」

虎太朗がそう、下手な言い訳をする。

「しかも、なんで二人だけでソーダアイスとか食べちゃってんの？　虎太朗、俺のはー？　俺のもあるよねー？」

虎太朗の肩《かた》をポンと叩《たた》いてから、健は笑顔でたずねた。

「はい、これ。シバケンの分」

幸大がビニール袋《ぶくろ》からアイスをとりだす。

それを受けとった健は、「あぁ？」と不機嫌な顔になった。

「お前ら二人はソーダ味食ってんのに、なんで、俺のだけとんこつ味なんだよ？　なー、虎太朗。どーゆーこと？　っていうか、とんこつ味のアイスってなに？」

「しかたねーだろ。もうそれしか残ってなかったんだよ!!」

「へー……じゃあさー、とっかえっこしよーぜ、虎太朗」

「やだし。ちょっ、シバケン、よせ、やめろ。マジで！　シャレになんねーから！」

「はい、あーん」

健は逃《に》げ腰《ごし》になっている虎太朗の口に、無理矢理《むりやり》とんこつ味のアイスを押しこむ。

「――――っ!!」

虎太朗はアイスをくわえたまま、ガクッと両手と両膝《りょうひざ》を地面についた。

涙目《なみだめ》になって悶絶《もんぜつ》しているその姿を、幸大が携帯《けいたい》のカメラでパシャッと撮影《さつえい》する。

「幸大、写すな！」

「来月の校内新聞で、夏のイチオシアイスって記事、担当することになったんだよね」

「こんなもん、イチオシすんじゃねぇよ。だいたい、新聞部員なら、自分で食って取材しろ！」

そんな会話を繰《く》り広げている幸大と虎太朗に、健もつられて笑った。

虎太朗から奪《うば》ったソーダアイスをサクサク食べる。

「なー、幸大、虎太朗。帰り、ラーメン食って帰ろうぜ。なーんか、とんこつラーメン食いたくなったんだよなー」

「とんこつ……言うな！」

青い顔をした虎太朗が、気持ち悪そうに口を手で押さえる。

そんなくだらない会話をしながら、いつものように三人で歩き出した。

◆◇◆♥◆◇◆

降り続いていた雨も放課後にはすっかり上がって、湿《しめ》った風が吹《ふ》いていた。

健が校庭の前を通ると、虎太朗は他《ほか》のサッカー部員たちとミーティング中のようだった。

隅《すみ》のほうでは、雛たち陸上部員が木陰でストレッチをしている。

新聞部の幸大も部活中だろう。

（よくやるよな……）

健はふっと笑って正門に向かう。


呼び出し音の鳴った携帯を確かめると、相手はいつもの女子だ。

「今？　学校出たとこだけど……えっ、これから？　いや、まあ、別に用事はないけど」

そんな会話をしながら桜並木の続く通学路を歩く。

足が止まったのは、アリサの姿を見かけたからだ。

彼女は辺りをキョロキョロ見まわして、近くの公園に入っていく。

腕《うで》に隠《かく》すように抱《かか》えていたのはビニール袋だった。

（……なにしてんだ？）


電話の相手に『シバケン？』と呼ばれて、意識を戻《もど》す。

「あーっ、ごめん。やっぱちょっと用事ある。また連絡《れんらく》するから」

不満そうな声を上げる相手にもう一度「ごめんねー」と謝って、通話を終えた。

携帯をズボンのポケットに押しこんで、健は公園に足を向ける。

アリサの姿をさがすと、彼女は茂《しげ》みの陰にしゃがんでいるところだった。

「あっ、こら、ダメっ！」

そんな叱《しか》りつける声が聞こえてくる。

「なにかいるの？」

後ろからのぞくようにして声をかけると、アリサの肩が大きく跳《は》ねた。

「柴崎……くんっ!!」

ふり返った彼女は、動揺《どうよう》しながら立ち上がろうとする。その拍子《ひょうし》に、膝《ひざ》の上のものがコロコロと転がり落ちた。

彼女は「あっ！」と声を上げ、手を伸《の》ばそうとする。

それより早く、健が足もとに転がってきたものを拾い上げた。

「猫《ねこ》……缶《かん》？」

茂みのほうに目をやると、黒い子猫が猫缶の中に顔をつっこんでいる。

その子猫は顔を上げると、満足そうに鳴いた。

「こ、これは!!」

アリサは子猫を隠すように立ちふさがり、腕をふる。

「野良猫《のらねこ》？」

「…………っ！」

なにか言いかけた彼女は、すぐに思いとどまり顔をそむけた。

「たまたま……通りかかったらいただけよ」

「ふーん、猫缶もたまたま持ってたんだ？」

無理矢理とりつくろったようなすまし顔がおかしくて、健は笑いそうになるのをこらえる。


しゃがんで手を伸ばすと、子猫は身を小さくして丸まった。

知らない人間に怯《おび》えているのだろう。

健が指をチラチラ揺《ゆ》らしていると、恐《おそ》る恐るやってくる。

ペロンと指をなめるとようやく安心したのか、急に甘えたように頬《ほお》をすりよせてきた。

アリサは見ていないフリをしながらも、たまに視線をこちらに向けてくる。

けれど、健が顔を上げると、すぐに違《ちが》うほうを向いてしまった。


「この猫の名前は？」

「私が知るわけないでしょ」

「それなら、俺がつけていい？」

「……好きにすれば？」

「じゃあ、アリサ」

「なんで、私の名前⁉」

すかさずつっこまれ、健は肩を揺らして笑った。


「いや、だってほら。なんかこいつ、アリサちゃんに似てるじゃん？」

「全然、似てない」

「えーっ、似てると思うけど。あー、でも、猫のほうが素直《すなお》かもな」

健はからかうように言いながら、子猫をヒョイと抱えて立ち上がった。

（これくらい、素直になってくれると、楽なんだけどな）

「悪かったわね」

アリサはプイッとそっぽを向く。怒《おこ》っているというより、すねているように見えた。

「アリサちゃん、この猫、飼わねーの？」

子猫をなでながらきくと、アリサが「ダメだったから……」と声を小さくした。

健は子猫をなでる手を引っこめて、彼女を見る。

（ああ、そうか……）

彼女の家は神社だ。柱などを傷つけてはいけないから、ムリだと言われたのだろう。

「で、こっそり面倒《めんどう》みてんだ」

健は笑《え》みをもらした。子猫はまだなでて欲しそうに、すりよってくる。

「飼い主が見つかるまでよ」

「じゃあ、それまでは……クロってどう？」

そう提案すると、アリサはあきれ顔になった。

「単純……」

「かわいいじゃん。あっ、アリサって名前もかわいいけどさ」

ニコッと笑って、健は彼女に子猫を渡《わた》す。

アリサはずり落ちそうになった子猫をあわてて抱え直し、思い切り顔をしかめた。

「今度さー、また会いにきていい？」

「私の猫じゃない……」

アリサは視線をそらしたまま、ボソッと答える。

「じゃあ、勝手に会いにきてもいいよな？」

「え……！」

「飼い主見つけるの、俺も手伝うから」

困惑《こんわく》したように立っているアリサに笑いそうになりながら、健は軽く手をふって公園を後にした。

アリサちゃ〜ん
……

Word2 ~言葉2~

高《たか》見《み》沢《ざわ》アリサ

2月3日生まれ　みずがめ座・B型

高一。モデルの成海聖奈があこがれ。
実家は神社。虎太朗に恩を感じている。

◇◆◇Word2☆～言葉2～◇◆◇

放課後、アリサは屋外の水飲み場にいる虎太朗を見つけ、「榎本!」と声をかけた。

部活の途中《とちゅう》なのだろう。虎太朗は汗《あせ》だくになったTシャツを脱《ぬ》いで、洗っている最中だった。


「どうしたんだよ? 高見沢」

Tシャツをギュッと絞《しぼ》っている虎太朗は、日に焼けた肌《はだ》を気にもせずさらしている。

目のやり場に困るが、声をかけてしまった手前立ち去れない。

しかたなく、アリサは水道の裏手にまわって背を向けた。


「柴崎君のことなんだけど」

「シバケン?」

「なんとか、ならないの?」

「なんとかって?」

「なんとか……は、なんとかよ」

　アリサは背中ごしに水音を聞きながら、モゴモゴと言葉をにごす。

　顔を見れば話しかけてくるし、からかうようなことも言ってくる。

　正直、どう対処すればいいのかわからない。

（今まで、あんな人は自分の周りにいなかったから……）

　そっ気ない態度をとっていればそのうちに飽《あ》きて話しかけてこなくなるかと思ったのに、その逆だった。

「つきまとわれてんのか？」

「そういうわけじゃないけど……」

「じゃあ、なんだよ？」

　キュッと水道の蛇口《じゃぐち》をひねる音がして、水音が止まる。

　健がそばにいると、どうしても落ち着かない。

　相手にしないようにしようと思ってもそれが難しい。いつもの自分のペースが乱される。

自分は今の自分で満足していて、それを必死に守っているのに。

それが壊《こわ》されそうで、たまらなく不安になるのだ。


「とにかく、困る……！」

他《ほか》にどう言えばいいのかわからなくて、アリサはそう答えた。

「だから、なんでそれを俺に言うんだよ？　シバケンに直接言えばいいだろ？」

「榎本は仲いいでしょ？　いつも一緒《いっしょ》にいるんだから。なんとかしなさいよ」

少しだけふり向くと、虎太朗は首にタオルを引っかけながらため息をつく。


「で、どーして欲しいんだよ？」

「からかってくるのは、やめてもらいたいの」

「そんなに、シバケンのことがきらいなのか？」

「きらいっていうか……苦手なのよ……」

アリサは水飲み場によりかかったまま正直に白状した。

「そりゃ、シバケンは気まぐれだし、いい加減だし、ふざけてるし、無茶苦茶《むちゃくちゃ》だし、強引《ごういん》だし、すぐサボるし、真面目《まじめ》にとか全然やらねーし、女子ばっか追いかけてるし、エロいし、最低だし、好ききらいも多いし……」

虎太朗は沈黙《ちんもく》すると、苦悩《くのう》するように頭に手をやった。


「俺……なんで、あいつと友達になったんだ？」

「今さら、そんなこと自問しないでよ」

「とにかく、あいつにだっていいとこはあるんだよ！」

「たとえば？」

「たとえば……じょ、女子に優《やさ》しいとこ？」

「私にはイジワルばっかり言うわよ」

「それは、ほら。高見沢と仲良くなりたいんじゃねーの？　あいつなりに……」

「なんで？」

「な……なんでだろう？」

虎太朗は真顔になって考えこむ。

「でも、悪気はねーんだって！　そーゆーやつなんだって」

下手なフォローをしようとする虎太朗に、アリサはついクスッと笑った。

「榎本って、いいやつだよね」

「それ言うなら……高見沢もだろ？」

「私のどこがよ」

「なんとなく」

虎太朗はよく絞ったTシャツを引きのばして着る。

(なによそれ、根拠《こんきょ》なんて全然ないじゃない)

「シバケンもさ、わりといいやつなんだよ。ほんと」

「どうせ、また、なんとなく、なんでしょう？」

「まーな」

虎太朗は笑って、タオルを手に校庭のほうに戻《もど》っていく。

「当てにならないんだから……」

アリサはつぶやいて、太陽の熱をさえぎるように額に手をかざした。

わりといいやつだってことくらい、知っている。

中学の時、なくしたパンダのマスコットを拾ってくれたのは、健だったと虎太朗から聞いた。

あのころは、クラスも違《ちが》っていて、話したこともなかったのに。

どうして、彼が気にしてくれていたのかわからない。


結局、あの時のお礼も言えないままだ。

本当は、ちゃんと言いたいのに。

〝ありがとう〟と――。

◆◇◆♥◆◇◆

掃除《そうじ》の時間が終わり、生徒たちは片づけをさっさと終えると、校舎を出ていく。

適当に掃除をすませ、帰り支度《じたく》をした健も、携帯《けいたい》を手に廊下《ろうか》を歩いていた。

着信メッセージにスタンプを返してから顔を上げると、アリサが大きなゴミ袋《ぶくろ》を両手に抱《かか》えて階段に向かっているのが見えた。

彼女と同じ場所の掃除当番だった女子たちは、笑いながらトイレに入っていく。

一人で運ぶのは大変なのに、誰《だれ》も手を貸そうとしない。

アリサも最初から、他の人を当てにはしていないようだった。

（なにやってんだ。「手伝って」って言えばいいだろ？）

どんな時でも、自分だけで解決しようとする。

それが、当たり前になってしまっているのだろう。

誰かに助けてもらうとか、誰かを頼《たよ》ろうなんて少しも思っていないようだ。

いつでもかたくなで、自分からは歩みよろうとしない。


（いい加減、少しくらい、心許してくれてもいいだろ……）

無性《むしょう》にいら立って、健は携帯をズボンのポケットに押しこむ。

追いついてゴミ袋を一つとり上げると、アリサが戸惑《とまど》うように見上げてきた。


「これ、ゴミ捨て場に持っていくんだろう？」

「そうだけど……いい。一人で持っていけるから」

「なんで？　手伝うって言ってるのに」

いつものように笑顔《えがお》で言おうとしたのに、できなかった。


「これは、私の仕事だから……」

「ちがうじゃん。押しつけられたんだろ？」

生徒が楽しそうな笑い声を上げながら、階段をかけおりていく。

その姿と声が遠ざかるまで、おたがいに黙《だま》っていた。


静けさが戻るのを待ってから、健は口を開いた。

「なんで……いつもさ。そうやって我慢《がまん》してんの？」

「別に、我慢してるわけじゃない。関係ない……」

「そうやってさー」

声を大きくして彼女の言葉をさえぎると、アリサがビクッとする。

「関係ない、関係ないって、自分の周りからみんな追い払《はら》って、どうすんだよ？」

(助けたいって思っても、それじゃ、なにもできないだろ)


どうしようもなく、もどかしかった。

（ああ、ダメだ。いつもみたいにとりつくろえない）

中学のころは、ずっと見ていることしかできなかった。

自分を動かす理由が見つからなくて、声をかけそびれてばかりいた。

高校に入って、少しは変われるかと思ったのに——。


「そんなこと、柴崎君に言われたくない」

「そんなだから、一人になるんじゃねーの⁉」

思わず口から出た一言に、アリサの表情が強《こわ》ばった。

泣きそうに彼女の瞳《ひとみ》が揺《ゆ》らぐ。それをこらえるように、くちびるをかたく閉じた。


「柴崎君には……きっと、わからないよ」

そんな拒絶《きょぜつ》の言葉を残して、アリサは健の横をすり抜《ぬ》けて立ち去ろうとする。


（なんだよ……それ。なんで勝手に決めつけるんだよ？）

こっちはわかろうとしているのに。わかりたいと思っているのに。

健は痛いほど強くこぶしを握《にぎ》った。

（この……っ!!）

急ぎ足でアリサの後を追い、ふり返った彼女の手から、もう一つのゴミ袋もとり上げる。

「ちょっと……っ!!」

呼び止める声を無視し、健は足早に昇降口《しょうこう》に向かった。その後を、アリサが追いかけてくる。

昇降口を出てゴミ捨て場に向かうと、今は使われていない古い焼却炉《しょうきゃくろ》の横に、大きな可燃ゴミ用のボックスがおかれていた。その中にゴミ袋を放《ほう》りこむ。

仕事は終わったけれど、おたがいにその場を離《はな》れなかった。

気まずい空気の流れる中、どれくらい黙ったままでいただろう。

アリサが、「もう……」と小さな声をもらす。

「私にかまわないで」

そう言い残すと、彼女は目を合わせようとせず、校舎へと引き返していく。

（ああ、そうかよ……）

「だったら、勝手にしろよ」

健は投げやりにはき捨て、身をひるがえした。

◆◇◆♥♥◆◇◆

翌日の一限目は移動教室だった。

アリサが教科書やノートを抱えて教室を出ると、健が女子たちと一緒《いっしょ》に楽しそうに歩いてくる。それに気づいて、足が止まった。

(柴崎君……)


「それでね。今度、ライブがあるんだけど……」

「えーっ、いいじゃん。行こうよ。どこで待ち合わせすんの？」

「ライブが六時からだからー……」

横をすれ違った健と女子たちの話し声と笑い声が、廊下の向こうに遠ざかっていく。

(……目も、合わせてくれなかった)

見えていたはずなのに。気づいていたはずなのに。

いつもなら、顔を見ればすぐやってきて、こちらの都合なんておかまいなしに話しかけてくるのに。

（あれ……？）

涙《なみだ》ぐみそうになっている自分に驚《おどろ》いて、アリサは天井《てんじょう》に目をやる。

『そんなだから、一人になるんじゃねーの!?』

健の言葉を思い出すと、胸の奥がズキンとうずいた。

こっちがすげなくあしらっても、いつも笑っているのに。

昨日は、ニコリともしなかった。

いい加減で、ふざけていて、適当だけど……。

傷つけるような言葉を口にする人ではない。そんな健は見たことがなかった。

あんな風にキツい言い方をさせたのは自分だ。手伝ってくれようとしたのに、それをつっぱねたのも自分だ。

（……どうしてこんなに素直《すなお》じゃないの？）

ただ、「ありがとう」とそう言って、手を貸してもらえばよかったのに。

関係ないと突《つ》き放されるのが辛《つら》いことくらい、知っている。

健はもう声をかけてくれない。笑いかけてもくれないだろう。

アリサは急ぎ足で歩きだす。

『ねえ、アリサちゃん』

にこやかな笑顔で話しかけてきた彼の顔がどうしても消えてくれなくて、目をつぶった。

◆◇◆ ♥ ◆◇◆

放課後、校舎を出ると空は暗く、雨がアスファルトを叩《たた》いていた。

いきなり降り出したのか、校庭にいた運動部員たちも右往左往しながら片づけを始めている。

健は傘《かさ》を手に、クラスの女子と雑談しながら正門を出た。

公園の前まできた時、猫《ねこ》の鳴き声に足が止まる。

生け垣《がき》の中から顔を出したのは、アリサと一緒にいた黒い子猫だった。

その時の彼女の姿がふと頭をよぎって、健はかすかに笑った。

子猫は、「あの時の！」というように瞳を輝《かがや》かせ、トコトコとやってくる。

「あ、この子、正門の脇《わき》に捨てられてた……」

腕《うで》をからめた女子が、思い出したように言った。

「やっぱ、飼い主いないんだ？」

「そうじゃない？　段ボールに入れられてそのままおかれてたから。何匹《びき》かいたんだけど、他《ほか》の子はもらい手が見つかって引きとられたみたい。この子だけ、残っちゃったんだね」

「ふーん……」

子猫は足もドロドロで、葉っぱや草がまとわりついていた。

濡《ぬ》れた毛が体にはりついて、いつもよりやせっぽちに見える。

（行く場所ないのか……）

健は傘を傾《かたむ》けながら身をかがめ、子猫に手を伸《の》ばす。

その細い体を抱《だ》き上げると、子猫は目を白黒させていた。暴れる様子はない。

「シバケン、制服汚《よご》れるよー？　どーするの、その猫？」

女子が隣《となり》を歩きながらきいてきた。

「俺がもらうの」

女子は「えー」と、眉《まゆ》をひそめる。

「飼うなら、もっとかわいい猫にすればいいのに。野良猫《のらねこ》だよ？」

「こいつがいーんだよ」

腕の中で収まりよく丸まった子猫をなでながら、健はそう答えて笑った。

◆◇◆　♥　◆◇◆

傘に当たった雨が、肩《かた》に垂れてくる。

アリサは猫缶《ねこかん》の入ったビニール袋《ぶくろ》を手に、辺りをキョロキョロと見まわした。

公園の中をさがしてみているが、子猫の姿は見つからない。

(もしかして、うっかり道路に出て車にでもひかれたんじゃ……)

そんな不安がよぎって、気づくとかけ足になっていた。

「クロ……?」

小さな声で呼んでみたけれど、鳴き声はどこからもしない。

(出てこないじゃない)

適当すぎる名前をつけるからだ。もう少しいい名前があるだろうに。

「もう……どこ行っちゃったの?」

アリサは公園の前の道路に出て、子猫の姿をさがしながら歩きだす。

「あれ、高見沢さん……なにしてるの?」

いきなり声をかけられ、ビクッとして立ち止まった。

ふり返ると、そこにいたのはジャージ姿の雛だ。

ランニングの途中《とちゅう》で雨が降りだし、学校に戻《もど》るところだろうか。

「せ、瀬戸口……さん」

「帰り？」

「……まあ」

ごまかすように答えてから、雛の濡れたジャージに目をやる。

頬《ほお》や髪《かみ》からも、ポタポタと雫《しずく》が垂れていた。

「風邪《かぜ》……ひくわよ」

「ああ、ほんとだ。でも、ジャージだから」

雛は自分のかっこうに目をやってから、ぎこちなく笑う。

アリサは少し迷ってから、自分の傘を彼女の上に差しかけた。

「学校、戻るんでしょ？　私もだから……」

「あっ……ありがと……」

雛は驚いた顔をしながらも、お礼を言う。


二人並んで一つの傘に入りながら、学校へ引き返した。

会話がなくて気づまりなのは、雛も同じなのだろう。おたがいにそっぽを向いたままだ。

高校に入ってから同じクラスになったものの、話す機会はそれほどなかった。

中学の時、雛と綾瀬恋雪《あやせこゆき》の仲を邪魔《じゃま》したせいで、彼女にはあまり快く思われていないだろう。

「恋雪先パイに……声、かけたの？」

顔を見ないまま訊いてみたが、返事はない。

チラッと見れば、雛は「う～」という顔になっている。

雛が桜丘《さくらがおか》高校に入ったのは、兄の瀬戸口優《ゆう》が通っているからというだけではなく、彼女の片想《かたおも》いの相手、綾瀬恋雪がいるからだと思っていた。

今でも、雛が片想い中なのは見ていればわかる。

園芸部に入って花壇《かだん》の世話をしている恋雪を、遠巻きにながめている姿を何度も見かけた。

「瀬戸口さんって、あきらめ悪いわね」

「別に……いいでしょ」

ムッとしたように雛が答える。

「どこがそんなに好きなの？」

「どこって……」

「ぼんやりしてるし、冴《さ》えないし、ドジだし。どこがそんなにいいわけ？」

顔を赤くして口ごもっている雛の様子をチラッと見てから、アリサは意地悪くたずねる。

「恋雪先輩《せんぱい》には、恋雪先輩のよさがあるの！」

「恋雪先パイより、もっとお似合いの相手がいると思うけど？」

「どこにー？」

「幼なじみとか……」

「虎太朗⁉」

雛は考えたくないとばかりに顔をしかめている。

（ほんと、榎本って対象外なのね……）

そんな話をしているうちに学校の正門が見えてくる。

傘を手にした生徒たちが、続々と出てくるところだった。

「榎本はあなたのお兄さんみたいに、サッカー得意じゃない。成績のほうはそこそこだけど……努力すれば伸びるタイプでしょ。それに、ああ見えて親切だし、ウソもつかないし、人としては悪くないと思うけど」

「高見沢さんは知らないかもしれないけど、虎太朗ってかなり子供っぽいから。すぐムキになるし、勝負とか挑《いど》んでくるし、負けずぎらいだし。同い年って全然、思えないから。バカみたいなことするし！」

「瀬戸口さんにはお似合いでしょ」

「余計なお世話！」

中庭を通り抜《ぬ》け、部室棟《とう》の前まで来ると、雛は足を止め、クルッとアリサのほうを向いた。

「傘《かさ》は……ありがと」

彼女は「じゃあね」と言い残し、走っていく。

（もう……）

相変わらず、うまくいかないことばかり。

アリサは傘を傾《かたむ》けながら空に目をやる。

雲が散り散りになり、雨足も少し弱まっていた。

（ほんと、いつになったら届くんだろう……）

Word3 ~言葉3~
コ、っこれ使えよ!!
俺次の授業サボるつもりだったから

◇◆◇Word3☆～言葉3～◇◆◇

(あ、あれ？　あっれ～～!?　あっれ～～～～～～??)

昼休み、健はいつものように虎太朗と幸大と一緒《いっしょ》に昼食をとっていた。

クリームパンを手に、アリサのほうを見たまま首をひねる。

「おい、シバケン。大丈夫《だいじょうぶ》か？　クリーム、机に落ちてるぞ？」

向かいで弁当を食べていた虎太朗が、心配そうな顔で声をかける。

その隣《となり》でサンドイッチを頬張《ほおば》っている幸大も、本から顔を上げて健を見ていた。

(これって、おかしいだろ？)

アリサは離《はな》れた席で黙々《もくもく》と単語帳をめくっている。

彼女は昼休みになるとすぐに教室を離れ、しばらくして戻《もど》ってきてから勉強に没頭《ぼっとう》していた。

アリサと距離《きょり》をおくことに決めた健は、ここ一週間ほど声をかけずにいた。

押してダメなら、引いてみろ作戦だったはずだ。

それなのに、こちらが無視していたら、アリサはまったくといっていいほど近づいてこなくなった。

考えてみれば、今まで話しかけていたのは健のほうだった。

アリサから話しかけてきたことなんて一度もない。

この一週間は完全に接点なし。廊下《ろうか》で会っても素通《すどお》りしてしまうし、教室では完全スルー。

(なに、この空気みたいなあつかい……)

普通《ふつう》なら、少しくらい気にしてくれてもいいところだ。

それとも、気にもならない程度の存在でしかなかったのだろうか。

(俺、がんばってたよな?)

殴《なぐ》られても、殴られても立ち上がるボクサーのように、とまでは言わないが、そっ気ないアリサと、根気よくコミュニケーションをとろうと試みてきたはずだ。

その努力のかいあってか、アリサも最近ではポツポツと話にのってくれるようになってきた。

接近禁止と言われなくなっただけでも、ずいぶんな進歩だ。

（ゴミ捨ての時、ちょっとキツく言ったの……やっぱりマズかったか？）

あの時の泣きそうだったアリサの表情を思い出し、健は頭を抱《かか》えた。

（マズいだろ。なんであんなこと……っ！）

「シバケン、ほんと具合悪いなら保健室、行ったほうがいいんじゃね？」

「……え？　あ？　なに？」

心配そうな虎太朗の声がようやく耳に入り、顔を戻す。

「もしかして、深刻な悩《なや》みがあるんじゃない？　聞くよ？　僕ら、親友だろ？」

「幸大……お前……」

健は幸大が握《にぎ》りしめているペンとメモ帳に目をやる。

「どさくさに紛《まぎ》れて、なに、取材しようとしてんだよ!?」

「ああ、これはなんでもないから。気にしなくていいよ？」

キランと光ったメガネを、幸大は指で押し上げる。

（イヤイヤイヤ、それ、ネタ帳って書いてあるだろ。まちがいなく、校内新聞の記事にしよーとしてるだろ？）

アリサのほうにもう一度視線を向ければ、彼女は席を立ち、スタスタと教室を出ていくところだ。

相変わらずすました顔で、こちらを見ようとする気配すらない。

一回くらい、向こうから声をかけてくれてもよさそうなものなのに。

これではまるで、こちらが無視されているみたいだ。

（えっ、あれ、もしかして……そーなのか？　俺が無視されてたのか？）

「なー、シバケン。やっぱ、腹痛《い》てーんだろ？　すげー変な顔になってるぞ？」

「これはもう重症《じゅうしょう》だね……で、なにがあったの？　詳《くわ》しく」

（ダメだ、こいつらじゃ）

食べかけのクリームパンを虎太朗の口に押しこんで、健は席を立つ。

「俺……帰るわ」

◆
◇
◆

◆
◇
◆

『じゃあ、明日《あした》、学校が終わってから迎《むか》えにいくから。いい⁉　ちゃんと、スタジオに連れてきなさいよ。あの子、放っておくと、なにをしでかすかわからないんだから！　愛蔵《あいぞう》が頼《たよ》りなんだからね！』

「なんで、俺が……」

『とにかく、いいわね？　あと、メール、確認《かくにん》しておいて！』

愛蔵は一方的に切れてしまったマネージャーからの電話にうんざりして、ため息をつく。

気づけば、いつの間にか『柴崎』と表札のかかる家の前までたどり着いていた。

玄関《げんかん》のドアを開くと、脱《ぬ》ぎ捨ててあった革靴《かわぐつ》が目に入る。

家に上がって洗面所に向かうと、中から水音と兄の声がした。

「あっ、こら、逃《に》げんなよっ！」

声が響《ひび》いているのは、風呂場《ふろば》にいるからだろう。

(……女、連れこんでんのかよ)

愛蔵はげんなりしながら、リビングに引き返した。

「あー……サイアク」

カバンを投げてソファーにドカッと座り、そのまま仰《の》け反るようにして天井《てんじょう》を見る。

(帰ってくるんじゃなかった……)

ドアの開く音にのっそり頭を起こすと、風呂上がりのかっこうの兄と目が合った。

「……なんでお前、いんの？」

しかめっ面《つら》できかれ、つられて愛蔵の眉間《みけん》にしわがよる。

「いたら悪いのかよ？　っていうか………」

(え……子猫《こねこ》？)

兄の抱《だ》いている子猫に気づいて、思わず二度見した。

気持ちよさそうに丸まったその子猫は、前足で顔を拭《ぬぐ》っている。

(どっからさらってきたんだ⁉)

子猫を抱いたままキッチンに向かった兄は、冷蔵庫を開いて牛乳パックをとりだそうとする。

愛蔵はあせって、ソファーから立ち上がった。

「ちょ、ちょ、ちょ、ちょ、ちょ――――っ‼」

兄を押しのけると、そう言いながら冷蔵庫のドアをバタンと閉めた。

「なに言ってんの、お前？」

「なに飲ませよーとしてんだよ‼」

「……………牛乳だけど」

「お腹壊《なかこわ》すかもしれないだろ⁉　猫用ミルクとかあるだろ⁉」

「そーなの？　お前、牛乳ダメなの？」

抱きかかえた子猫にきいている兄に、愛蔵は頭を抱えたくなった。

（ダメだ……）

「俺が戻《もど》ってくるまで、なにもすんなよ。絶対、よけーなことすんじゃねーぞ‼」

（こいつに任せておくと、子猫がヤバい‼）

「それと、そんなかっこうでウロウロすんな‼」

「ハァ？　なんでお前にそんなこと、口うるさく指図されなきゃならねーんだよ」

顔をしかめる兄に、「いいな⁉」と念押しして、愛蔵は急ぎ足でリビングを出た。

◆◇◆♥◆◇◆

「あー……あっちー……」

風呂上がりだから、体が火照《ほて》ってしまっている。

クーラーはつけたばかりで、ムワッとした熱気はまだ部屋の中に滞《とどこお》ったままだ。涼《すず》しくなるには、もう少し時間がかかるだろう。

健はソファーに座り、ソーダアイスを口に運ぶ。

（……そういや、あいつと口きいたのって、何年ぶりだっけ？）

片手でタオルにくるまったクロの体を拭《ふ》いてやっていると、ちょこんと前足を伸《の》ばしてきた。

ソーダアイスを見つめる瞳《ひとみ》が期待に輝《かがや》いている。

「……これ、食いたいの？」

きくと、クロは行儀《ぎょうぎ》よく膝《ひざ》の上でお座りして、ねだるように鳴いた。

「しょーがねーなー」

「だーかーらー、なにを、食わせようとしてんだよ」

横からドカッと蹴《け》りを入れられ、健はふり向きざまに「あぁ？」とにらむ。

愛蔵が両手にビニール袋《ぶくろ》を持ったまま、息を弾《はず》ませていた。

自転車を飛ばして、近くのペットショップまで行ってきたようだ。

「ほら、これ!! 飼うなら、ちゃんと面倒《めんどう》見ろ」

ビニール袋を押しつけると、愛蔵はさっさとリビングを出ていった。

受けとった紙袋を、待ってましたとばかりにクロがのぞきこむ。

猫用のミルクに、猫缶《ねこかん》、シャンプー、飼育本、トイレ用の砂などが入っていた。最後に、先っぽにフサフサのついた猫じゃらしのおもちゃをとりだす。

「あいつ……猫とか好きだったっけ?」

健はフサフサをつかまえることに夢中になっているクロを抱きよせ、ついクッと笑った。

◆◇◆♥◆◇◆

(マズい……どうすりゃいいんだ?)

健がアリサと口をきかなくなって、すでに二週間目に突入《とつにゅう》している。

今日は自分から声をかけようと思って勇んで登校してきたというのに、一度、距離《きょり》をおいてしまったがために、完全に話しかけるタイミングがわからなくなってしまっていた。

このままでは、本当に彼女の意識から消されてしまう。

(それは、マズいだろ。今までの苦労が全部、水の泡《あわ》になる!)


「いや……なんで俺が、こんな必死にならなきゃならないんだよ!」

階段脇《わき》におかれている自動販売機《じどうはんばいき》の前で、健はぼやきながらジュースを選ぶ。

その時、「シバケーン」と呼びかけられ、指が手近にあったボタンをポチッと押していた。

とりだし口に落ちてきたのは、飲みたくもない『おしるこ』の缶だった。

(なんで、夏におしることか売ってんだよ)

季節感ゼロの自動販売機にため息をつきつつ、仕方なく缶をとりだす。


「ねー、シバケン。今日さー、放課後、みんなでどっか行こうって話してたんだけど、シバケンはどうする? 他《ほか》の学校の女の子も来るよー?」

「あー……どーするかな」

「えーっ、行こうよー。シバケンが行かないとつまんないじゃん!」

「そーそー。かわいー子いっぱい来るよー」

腕《うで》をひっぱられ、「うーん……」と悩《なや》みながら缶の蓋《ふた》を開いて口に運ぶ。

(……うっ、熱っ！)

「そーいえばさー、シバケン、最近、高見沢さんと一緒《いっしょ》にいないんだね」

「なんで、あの子に声かけてたの？」

女子生徒たちにきかれて、健は「え？」と飲みかけの缶を口から離《はな》す。

「あーゆー子、シバケンの趣味《しゅみ》だっけ？」

「いや……ほら、クラスメイトじゃん？」

笑顔《えがお》でごまかすと、彼女たちは「あー」と納得《なっとく》したように顔を見合わせた。

「友達とかいないから、かわいそーとか思ったんだ。シバケンって面倒見いいよね」

「高見沢さんって、中学の時から、ずっとあんな感じでしょ？」

「そーそー。愛想《あいそ》ないし。全然、クラスに馴染《なじ》もうとしないよね」

(ほら、見ろ。いっつも無愛想な顔ばっかしてるから、近よりがたいって思われてるだろ)

健は女子たちの話を聞きながら、甘ったるいおしるこを飲む。

「中学の時、なんかトラブル起こしたみたいだよー。クラスで」

「なにそれ？　イジメ？」

「あの子がクラスの子イジメてたって。それで、結局自分が孤立《こりつ》したみたい」

（えっ……おい、ちょっと待て。それは違《ちが》うだろ）


「最低じゃん、それ。シバケンも、関《かか》わらないほうがいいよ」

「いや、ほら……ウワサなんて当てにならないだろ？」

健がそう言うと、女子たちは顔を見合わせる。

「あの子と中学が同じだった子から聞いたんだから、ほんとだって」

「絶対、やってそーだよね」


（俺だって、同中だったんだよ）

屋上で泣いていたのも、「このままじゃダメだって！」と、声を上げていたのも見ていた。

わかったような顔をしてしゃべっている女子を、健は「でも」とさえぎる。

「アリサちゃん、いい子だよ？」

「えーっ、どこが？」

「いい子なんだよ。話してみれば楽しいし。ウワサみたいなことはないって」

健は不満そうに「えー」ともらしている女子生徒から離れて、教室に戻《もど》っていった。

◆◇◆　♥　◆◇◆

階段の踊《おど》り場でアリサが足を止めたのは、健の話し声がしたからだ。

（ほら、私に声かけなくても、楽しそうにしてる……）

自動販売機の前で女子生徒たちと雑談している姿を目にして、アリサは引き返そうとした。

「高見沢さんって、中学の時から、ずっとあんな感じでしょ？」

「あの子がクラスの子イジメてたって。それで、結局自分が孤立したみたい」

（私の……こと？）

アリサは二段ほど階段をあがったところで足を止め、聞こえてくる声に耳を傾《かたむ》けた。

こんなウワサ話なら、今までいくらでも聞いてきた。

悪口なんて、言われなれている。

今さら、「そうじゃない」なんて言い訳をしようとも思わない。

誰《だれ》にどんな風に思われていても平気だと思ってきた。

(やっぱり、あっちにも、こっちにもいい顔するんだ)

ついこの前まで、ニコニコしながら話しかけてきたくせに、相手に合わせて今度は人のウワサ話で盛り上がって。

それを、責める資格がないのはわかっている。自分だって同じだった。

アリサは表情をくもらせ、足もとに視線を落とす。


「アリサちゃん、いい子だよ?」

健の声が耳に入ってきて、アリサは弾《はじ》かれたように顔を上げた。

「えーっ、どこが?」

「いい子なんだよ。話してみれば楽しいし。ウワサみたいなことはないって」


(なんで……)

声に出しそうになって、自分の口を手で押さえる。

健が話を終えてやってくるのがわかり、アリサは背をむけて階段をかけ上がった。

ウワサを信じて、一緒になって悪口を言う。そういう人ばかりだったのに。

(信じて……くれた)

中学のころはほとんど関わってこなかった。

高校に入ってからも、ずっとそっ気ない態度ばかり取り続けてきて、そのせいで怒《おこ》らせた。

あれから話しかけられることもなくて、もうきらわれたのだろうと思っていたのに。

(私のこと、かばってくれるんだ)

アリサは胸の奥がジンワリと熱くなって、無意識に制服の胸《むな》もとをつかんでいた。

◆◇◆♥◆◇◆

口をきかなくなって三週目に入っても、アリサはいつもと変わらず自分の席で一人きりだ。

その日の昼休みも、健は幸大と虎太朗の話を聞き流しながら携帯《けいたい》をいじっていた。

(いい加減、声かけろよ。いつまで、こんな状態でいるつもりだよ?)

(なんて声かけんだよ?　だいたい……そんな理由があんのか?)

自分の中から、そんな声が聞こえてくる。

友達かときかれれば、彼女は「違う」と否定するだろう。自分たちの関係は、ただのクラスメイトだ。

離れていってしまえば、それを追いかける理由なんてない。

ネットを開いて、『かける言葉と理由』と打ち込み、検索《けんさく》をかけてみる。

0件——。

(だよな……)

携帯の電源を落として、さりげなく視線を向ける。

アリサは席を立ち、あせったようにカバンの中をさぐっていた。

(……教科書忘れたのか？　次って数学だよな)

数学の先生は口やかましく、厳しいことで有名だ。

教科書を忘れたことが発覚すれば、立たされてお説教をされかねない。

(おい、どうすんだ……)

数学の教科書を持っていた手に、グッと力が入る。

「なー、シバケン。今日からテスト期間だろ？　お前、テスト勉強……」

いきなり立ち上がった健を、虎太朗が座ったまま見上げてくる。

本に目を通していた幸大も、つられたように顔を上げた。

（なに緊張《きんちょう》してんだ。ただ、話しかけるだけだろ？　簡単なことだろ？）

今までだって、何度も話しかけてきた。

いつもどおりに笑って、気楽に声をかければいいだけのことだ。

ドクン、ドクンと鳴っている自分の心臓に繰《く》り返し言い聞かせる。

「おい、シバケン？」

虎太朗の声を背中で受けながら、健はアリサの席に足を向けた。

「こ、これ、使えよ!!」

キョトンとしている彼女に、自分の教科書をつきだす。

「俺、次の授業サボるつもりだから」

（なに言葉つっかえてんだ、俺ー!!）

用意されたセリフなら、いくらでも口から出るのに。

なれないアドリブができなくて、思い切りあがっている。

彼女は一瞬《いっしゅん》クスッと笑うと、そっぽを向いた。

「ありがとう……」

小さな声で言うと、アリサははにかむような表情を見せる。

(あ、あれ……? なんだ、これ。なんで、こんな……)

痛いほど脈打つ心臓と、体中をめぐる熱に、うろたえて次の言葉が出ない。

「でも、授業サボるなんてさいってー。結構です!!」

「って…オイ!! 使えよ!!」

席を離《はな》れるアリサにあわてて言ったけれど、ふり向いてはもらえなかった。

「ははっ、俺、チョーダッセーじゃん!!」

思わず、そんな声がもれた。

かっこつけて、感情なんていくらでも操《あやつ》れるなんて。全然、できていない。

これだけの会話をするのに、めちゃくちゃ緊張して、うまく言葉も出なくて。
そのくせ、「ありがとう」なんて一言だけで、こんなに舞《ま》い上がっている。

(俺って、こんなだったっけ?)
今までは、もっとうまくやれていたのに。
いつも、彼女の前では全然ダメで、情けない姿ばかりさらしている。
演じるのも、とりつくろうのも全部ムダ。
考えてみれば、最初からアリサには全部、見透《みす》かされていたんだった。
ダメでも、ダサくてもこれが自分だ。
(今さら、かっこつけてもしょうがないよな)

理由なんて検索するまでもなかった。
ただ、もっと話してみたかったから。それだけで充分《じゅうぶん》だった。

気づかないフリして、『恋《こい》』に出会う――。

◆◇◆♥♥◆◇◆

放課後、下駄箱《げたばこ》の前でクラスの女子たちと雑談していると、アリサが横を通りすぎる。

「でねー、この前の合コンで会った子が、またシバケンと……」

「あっ、ごめん。俺、用事あるの思い出したから」

「えっ、ちょっと、シバケン⁉」

急いで彼女たちの話を打ち切り、昇降口《しょうこう》を出ていくアリサの後を追いかけた。

「アリサちゃーん」

校舎を出たところで呼び止めると、アリサは歩く速度を上げて正門に向かう。

聞こえないフリを決めこむつもりらしい。

「ねー、これから……」

「遠慮《えんりょ》しておきます」

かぶせるようにピシャリと言うと、アリサはさっさと先に行ってしまう。

(デスヨネ……)

見送りながら、健は困り顔で笑った。

いつも、彼女のそっ気ない態度や言葉に心揺《ゆ》らされてばかり。

どうやったら、ふり向いてくれるんだろ？
どうやったら、笑ってくれるんだろ？
どうやったら、その瞳《ひとみ》に映るんだろ？

胸にチクチク突《つ》き刺《さ》さる彼女の言葉に心乱されて。
必死になっている自分の姿に、「かっこ悪いよな」と笑いそうになった。
それでも、どうしても距離《きより》を縮めたい。
その方法を、こりもせずに毎日さがしていた。

ありがとう…
Word4 ~言葉4~

でも授業サボるなんてさいってー
結構です!!
って…オイ!! 使ーえよ!!
ははっ俺チョーダッセーじゃん!!

◇◆◇ Word4☆～言葉4～ ◇◆◇

土曜日、健は女友達に誘《さそ》われてファストフード店で昼食をすませ、カラオケに足を運んだ。大音量で曲を流しながら盛り上がっている女子たちを、健は椅子《いす》の背にもたれたままぼんやりながめる。

「シバケン、さっきから全然歌ってないじゃん！」

不満そうに言われて、「俺はいいよ」と笑ってごまかした。

かわりに、彼女らのオーダーを取りまとめて、飲み物とフライドポテトを注文する。

（……こんなにつまんなかったっけ？）

運ばれてきたジンジャーエールを飲みながら、健は携帯《けいたい》に目をやる。

連絡《れんらく》先を交換《こうかん》することくらい、今までは簡単だった。

頼《たの》めば、たいてい相手は軽くＯＫしてくれる。その後は適当なメッセージのやりとり。

それだけのこと。話題なんてなんでもよくて、ネタに困ったことなんてない。

なのに、そんな簡単なことができずにいる。

メッセージは何件か入っていたのに目を通さず、そのままポケットにしまう。

いくらながめていても、この中にアリサの連絡先はない。

(今ごろ……なにしてんのかな？　もう、家に帰っているころか？)


「シバケン、ノリ悪いー！」

マイクを手にしたまま、女子の一人がくちびるを尖《とが》らせる。

「ごめん、調子悪くってさ。今日は帰るわ」

カバンを手に立つと、「えーっ」と声が上がった。

笑顔《えがお》のままヒラヒラ手をふり、健は部屋を後にする。


店を出ると、そろそろ日暮れだった。空一面、琥珀色《こはくいろ》にそまっている。

駅前のにぎやかな通りを抜《ぬ》け、人や車通りの比較的《ひかくてき》少ない公園前の並木通りに出る。

少し坂道になったその道を歩くと、熱気のゆるんだ風がサラサラと木々の葉を揺らしていた。

健が足を止めたのは、神社の石段の前だ。

(また、不機嫌《ふきげん》そうな表情をするんだろうな)

そんなアリサを想像して笑みをこぼし、石段を軽い足どりであがっていった。

◆◇◆♥◆◇◆

家に戻《もど》ると、アリサは袴《はかま》に着がえて外に出た。夕方だから参拝客の姿も少ない。

西日の差した境内《けいだい》を、ぼんやりしながらホウキで掃《は》く。

『アリサちゃん、いい子だよ?』

『えーっ、どこが?』

『いい子なんだよ。話してみれば楽しいし。ウワサみたいなことはないって』

「なに思い返してるの……!」

アリサは赤くなってパッパとホウキを動かす。せっかく集めたゴミが散らばってしまった。

このところ、気づけばこの調子だ。

それも、健が毎日こりもせずかけよってきて、どうでもいい話をしてくるからだ。
だから、つい……。
急に話しかけてこなくなったかと思うと、気づけば、またいつもどおりに戻っている。
(ゴミ捨ての時のこと、もう怒《おこ》ってないから……とか?)
アリサが教科書を忘れた日以来、なにもなかったように話しかけてくるようになった。
健の考えていることも、その気持ちもさっぱり読めない。
(ほんと……気まぐれな天気みたい)
クルクル変わって、こっちはそれに右往左往するばかり。

本心を隠《かく》してつくり笑いをしているところは、似ていると思った。
でも、似ているところはそれだけだ。
「だいたい、私はあんなに軽くない！　愛想《あいそ》よくないし、チャラチャラもしてない！」
独り言にしては大きな声が出る。
見た目だって、ピアスをして制服を着崩《きくず》している健のように派手ではない。
健は誰《だれ》かれかまわず簡単に友達をつくるし、とくに女子にはチヤホヤされている。

それに比べて、アリサはいつだって一人だった。

彼くらいの社交性があれば、もっと色々とうまくやれていただろう。

かといって、あんな軽薄《けいはく》な感じになりたいかと言われると、まったく思わないが……。

性格だってきっと合わない。共通の趣味《しゅみ》だってないはずだ。

(ああ、でも……パンダのマスコットが好きなのは同じだった)

健のカバンにも、おそろいのシロクマのマスコットがついていたのを見かけたことがある。

もしかして、話しかけてくるのも、パンダの趣味が同じだったから？

それだけで、同類だと思われているのだろうか？

「そんなわけないか……」

ホウキによりかかりながらつぶやきをもらす。

(他《ほか》の趣味といったら、女子と遊ぶことくらいでしょ。いつも女の子連れてるし……)

「ああっ、もう。考えないっ。考えない、考えないっ!!」

アリサは自分に言い聞かせるように繰《く》り返しながら、プルプルと首をふる。

相手はただのクラスメイトだ。話しかけられると言ってもそれだけの関係でしかない。

そんな相手のことを四六時中考えて頭を悩《なや》ませているなんておかしい。

「これ、アリサ。そんなにホウキをふりまわすと土埃《つちぼこり》が立つだろう」

通りかかった祖父に注意されて、ハッと我に返る。

「ご、ごめんなさいっ！」

「さては、なにかいいことでもあったかな？」

「ない。なんにもない！」

「それにしては、楽しそうだがね」

祖父は笑いながら、社務所の中に戻っていく。


（……私が？　楽しそう？）


『こ、これ、使えよ!!』

『俺、次の授業サボるつもりだから』

教科書を差しだしてきた時、健の声は少しうわずっていた。

いつものつくり笑いも忘れたみたいに真顔になって。

その様子を思い出すと、クスッと笑いそうになる。

（……あれもいいことって言う？）


ぼんやり考えごとにひたっていた時だ。

「すみませーん」

後ろから急に声をかけられ、アリサは「はいっ！」とふり返る。

そこにいたのが制服姿の健だったから、ドキッとした。

最初から驚《おどろ》かすつもりだったのだろう。健の目が悪戯《いたずら》っぽく笑っている。


「な……っ‼」

動揺《どうよう》したせいで言葉がつっかえる。それをごまかすように、アリサは咳払《せきばら》いをした。

「……なんでしょうか？」

そっ気ない態度をつくってきくと、健はアリサをながめて楽しそうな表情になる。

「巫女《みこ》さんのかっこう、似合うじゃん」

（またすぐ、そういうことを……）

息をはくように、女の子に対する口説き文句が出てくるのだろう。

アリサは不機嫌になって、顔をそむけた。

頬《ほお》がジンワリ熱いのは夕日のせいだ、絶対に。

「……なにかご用でしょうか？」

「お参りにきたんだけど？」

「それなら、さっさと参拝してお帰りください」

背中を向けて掃き掃除《そうじ》に戻ると、健は「それじゃあ」とポケットから財布《さいふ》をとりだす。

その耳のピアスが、夕日を跳《は》ね返してキラッと光っていた。


そういえば、中学の時に同じ学校の男子生徒と石段ですれ違《ちが》った。

その人がピアスをして、制服を着崩していたのを思い出す。

（あれって、もしかして柴崎君……だった？）

だとすれば、たまにこの神社にお参りにきていたのかもしれない。

（そんなに熱心にお願いすることあるの？）

健は五円玉をチャリンと賽銭《さいせん》箱に入れると、パンパンと手を叩《たた》く。

「アリサちゃんと、もっと仲良くなれますよーに！」

健はわざと聞こえるような大きな声でお願いしていた。

（そ……そんなこと？）

アリサはあきれ顔になる。以前も、『かわいい子と出会えますように』とか、そんなくだらないことをお願いしにきていたのだろう。

（ほんっと、バカ……っ！）

相手にする気も失《う》せて――というより、最初から相手にしていないけれど――掃除に戻《もど》った。

「じゃあ、またね。アリサちゃん」

無視していようと思うのに、声をかけられるとつい手が止まる。

健は笑顔《えがお》で手をふり、そのまま上機嫌《じょうきげん》で石段をおりていった。

あんな願いごとのために、わざわざ遠まわりして神社にやってきたのだろうか。

「おかしな人……」

アリサはつぶやいて、声を出さずに笑った。

◆◇◆♥♥◆◇◆

体育の時間、バドミントンのラケットを手にした女子たちは、それぞれ集まって雑談している。男子たちは今ごろ、校庭でサッカーをしているはずだ。

「じゃあ、準備できたところからペアになって練習を始めて！」

ジャージ姿の先生が声を上げる。

すぐにペアになった女子たちもいれば、数人でかたまったまま相談している子たちもいた。

それも、しばらくすると二人ずつに分かれて体育館の空いたスペースに移動する。

その中で、アリサは一人、ポツンとたたずんだままでいた。

周りを見ても余っている生徒はいない。

（久々だな……こういうの）

ラケットをコンとあごに押し当てる。

「高見沢さん、ペアはいない？」

先生がやってきて、困った顔をしながら話しかけてきた。

「はい……」

「じゃあ、先生とする？　それとも、しばらく見学している？」

「見学してます」

そう答えると、アリサは体育館の隅《すみ》に移動する。


楽しそうにラケットで打ち合っている女子たちを、壁《かべ》によりかかりながらながめていた。

（そういえば、これが当たり前だったんだ）

いつも一人で、人の輪に入れなくて、遠巻きにただながめているだけ。

最近、それを忘れていたのは健がいたからだ。

気づけばそばにいる人がいて、話しかけられて。

なんだかにぎやかな健と、同じ空気の中に自分もいたからだ。

つまらないと思うことも、最近はあまりなかった。

（おせっかいなのかも）

アリサはラケットを後ろで持ちながら、体育館の高い天井《てんじょう》を見上げる。

細い鉄骨にバスケットボールがはさまったままになっていた。

「高見沢さん」

顔を前に戻すと、雛が少し気まずそうに立っている。

「……な、なに？」

「ペア、組む相手いないなら、やらない？」

「……小金井《こがねい》さんがいるでしょ？」

雛は仲のいい小金井華子《かこ》と組むことが多い。華子とはクラスが別だが、体育は二組合同だ。

「だから、三人で！　練習なんだから……別にいいと思うし」

雛は言いにくそうに声を小さくする。

「そういえば、ここにもいた」

（おせっかいな人……）

「え？　なにが？」

「こっちのこと」

こぼれた笑みを隠《かく》して、アリサは壁から離《はな》れた。

◆◇◆♥♥◆◇◆

放課後、アリサは他《ほか》の生徒がいなくなった教室に一人残っていた。

自分の席で昨日買ったばかりの雑誌を広げていると、水着特集が目にとまる。

「海……プール……」

（いいなぁ……）

なんて思うのは、窓の外に広がる真っ青な夏空のせいだろう。

学校以外のプールなんて小学生の時以来だ。海も臨海学校くらいでしか行ったことはない。

連れ立って海やプールに行くような友達なんていなかったし、家族とも旅行なんてしたことはなかった。神社は年中無休。簡単に家を空けるわけにはいかない。


（ビキニ……ワンピースタイプ……）

ページをめくる手を止めて、記事を読む。

（あっ、聖奈さん、載《の》ってるー！）

水着のモデルもやっていたようだ。

この学校に通う二つ年上の先輩《せんぱい》、成海聖奈はアリサの憧《あこが》れで目標だ。

読者モデルとしてデビューし、今は多方面で活躍《かつやく》している。

今回の雑誌で彼女が着ているのはビキニだ。


(これ、かわいい‼　すごくいい‼)

胸《むな》もとのフリルがかわいい。なにより、聖奈によく似合っていた。

水着になると、聖奈のスタイルの良さと、脚《あし》の長さがきわ立って見える。

これくらいかわいければ、なにを着ても似合うのだろう。

「ああ、でも……私じゃ似合わないかなー……」

その前に、こんな水着を買っても肝心《かんじん》の着ていく場所がない。

一人で海水浴はさすがにイタすぎる。プールに着ていくには少々派手だ。

「でも……」

好きなものは好きって言いたい。

それは、中学の時に聞いた聖奈の言葉だ。

「よしっ、決めた‼」

思い切って今年は水着を買う。聖奈と同じのは無理でも、新しい水着を買おう。

そう決意して、アリサはひそかにこぶしを握《にぎ》る。

「へー……アリサちゃんって、こーゆーのが好きなんだ？」

不意に声をかけられ、心臓が飛びでるかと思うほど驚《おどろ》いた。

後ろから伸《の》びた手が、パッと雑誌をとりあげる。


「柴崎君!!」

アリサの声のトーンが思わず跳《は》ね上がった。

「返してよ」

雑誌に手を伸ばしたけれど、健はサッと避《よ》けてしまう。その口もとは楽しそうに笑っていた。

「あっ、成海聖奈じゃん。おーっ、けっこうデカ……」

「サイッテ――ッ!!」

席を立つと、アリサはひったくるようにして雑誌をとり戻す。

「さっきの水着、いいじゃん。買うんでしょ？」

「か……買わない」

つい売り言葉に買い言葉で、アリサは言い張った。

「よし、決めたって、気合い入れてたのに？」

健は顔をのぞきこむようにしてきいてくる。

（そこから、聞かれてたの!?）

顔の熱がグンッと上がってアリサは、小さく肩《かた》をふるわせる。

学校で、のんびり雑誌なんか見ているんじゃなかった。

（もう、恥《は》ずかしい。こんな……こんな……っ!!）

「買ったらさー、海行こうよ？　虎太朗や幸大や瀬戸口さんも誘《さそ》って。もうじき、夏休みじゃん？　一緒《いっしょ》に一夏の思い出を……」

アリサは雑誌をカバンに押しこむ。

「えっ、あれ？　アリサちゃん？」

健と目を合わせないようにしながら、急ぎ足で教室を後にした。

Word5 ~言葉5~

ちょっと俺
行ってくるわー
しゅたっ
Honey

◇◆◇Word5☆～言葉5～◇◆◇

「あーっ、もう。女子って全然わかんねー‼」

虎太朗がそうぼやいたのは、翌日の昼休みのことだ。

幸大や虎太朗と一緒に、健は廊下《ろうか》を歩いていた。

「まーた、瀬戸口を怒《おこ》らせたのか？」

からかってきくと、虎太朗は「そんなんじゃねーし」と顔をしかめる。

「あーっ、わかった。あれだろ？　接近しようとして殴《なぐ》られた！」

「お前と一緒にすんなっ！」

「瀬戸口さん、まだあのセンパイに夢中なの？」

歩きながらも本に目を通していた幸大が、顔を上げて話に加わる。

「えっ、なになに、なんの話？　教えろよ」

健が興味津々《きょうみしんしん》にきくと、虎太朗が「幸大ー！」と恨《うら》めしそうな目をした。

「あっ、ごめん、口がすべった」

そう言いながらも、幸大は少しも悪びれた様子はない。

「虎太朗、恋愛《れんあい》がらみの相談なら幸大にしたってムダだって。俺にきけよ」

健は笑いながら虎太朗と肩を組む。

「ぜってー、ヤダ。茶化《ちゃか》すだろ!!」

「だって、おもしれーんだもん。お前と瀬戸口」

「幸大、もーやだ。こいつ、ほんと、やだ!!」

「あきらめなよ、虎太朗。シバケンなんだから」

「そーそー、あきらめなって」

健がからかうように言うと、虎太朗が「お前だけには、教えねー！」と腕《うで》をはねのけた。


その時、ふわっとなびいた黒髪《くろかみ》が、健の視界に入った。

ふり向くと、アリサが腕に本を抱《かか》えて階段をあがっていく。図書室に向かうのだろう。

「それより、早く行かないとパン、売り切れになるんじゃない？」

「そーだ、俺の焼きそばパン!!」

幸大に言われて、虎太朗がハッと思い出したように声を上げる。

「俺、ちょっと行ってくるわー！」

健は二人に断ると、シュタッとかけ出した。

「えっ、おい。シバケン、昼は!?」

健はあっという間に走り去ってしまい、虎太朗がいぶかしそうな顔をする。

「どーしたんだ、あいつ」

「最近……楽しそうだよね。シバケン」

「いっつもだろ？」

「そーでもないよ」

「そーか？」

そうつぶやき、虎太朗は幸大の後を追って階段をおりていった。

◆◇◆ ♥ ◆◇◆

最近のアリサは、中庭ではなく教室で弁当を食べていることが多かった。

健は幸大や虎太朗と一緒に集まり、暇《ひま》つぶしをしながら彼女の様子をうかがう。

アリサの席は前のほうで、その隣《となり》の席は雛だった。

休憩《きゅうけい》時間も残り少なくなってきたせいか、雛も友人と別れて、自分の席で雑誌をめくっている。

アリサは次の授業の予習をしているようだった。

「虎太朗、そろそろ教室に戻《もど》らないと時間になるよ？」

「あーっ、ほんとだ。次、現国なんだよなー……」

幸大に言われて、虎太朗が面倒《めんどう》くさそうに席を立つ。

「幸大、今日の部活、出るのか？」

「いや、帰るよ。メガネ直しに行きたいし」

「俺も部活ねーから、一緒帰ろうぜ」

「シバケンはどーするの？」

「おーい、シバケン。聞いてんのかー？」

「よしっ！」

携帯《けいたい》をもてあそんでいた健は、気合いを入れて浅く腰《こし》をかけていた机から離《はな》れた。

「えっ、おい、なんだよ？」

虎太朗の声を聞き流し、アリサと雛の席のほうに移動する。

「ねーねー、三人で番号交換《こうかん》しよー」

雛とアリサの席のあいだにストンとしゃがんで、健は笑顔《えがお》で声をかけた。

二人が、「えっ⁉」というようにふり向く。


「ハッ⁉」

教室の後ろのほうで声を上げたのは虎太朗だ。


「せっかく、同じクラスになったんだしさ。もーじき、夏休みだし、みんなでどっか行く時、連絡《れんらく》とれないと困るでしょ。だからさ」

健はもう一度、「交換しよ？」と二人に持ちかける。

雛とアリサは戸惑《とまど》うように、視線をかわした。

「私……わからないんだけど」

口を開いたのは、アリサのほうが先だ。

「えっ、なにが？」

「友達登録のやり方……あんまり使わないから……」

恥《は》ずかしそうに声を小さくするアリサに、健も雛も目を丸くする。

それから、健はパッと顔を輝《かがや》かせた。

(連絡先交換するのは、ありってこと？　えっ、マジで⁉)

「あっ、こらっ、シバケン。なにどさくさに紛《まぎ》れてっ‼」

大きな声を上げる虎太朗を、幸大が「うるさいよ」とたしなめていた。

「そんなの簡単だって。俺、教えるし。携帯、貸して！」

健はアリサの携帯を受けとり、「アプリを開いて……」と説明する。

操作をしながら何気なく視線を上げると、アリサが真剣《しんけん》な顔でのぞきこんでいた。

「開い……て……」

(あれ、どうすんだっけ？)

なれていたはずの手順が頭から消し飛んでしまい、言葉が続かなくなる。

急に心臓がドクンと跳《は》ねて、そのことに自分でも驚《おどろ》いて手が止まった。

「それから？」

いつまでも黙《だま》っている健に、アリサが視線を上げる。

彼女も顔の距離《きょり》が近いことにようやく気づいたのか、バッと身を引いた。

傾《かたむ》いた椅子《いす》がガタンと音を立てる。


「もーっ、ほら、貸して。私がやるから」

離が手を伸《の》ばして、健の手からアリサの携帯をとりあげた。

「柴崎君のケータイ」

そう言われて、健はハッと我に返る。

「あーっ、あれ？　えっ、俺、携帯は⁉」

さっきまで手に持っていたはずなのに、どこに消えたのか。

ポケットに手をやっていると、横から自分の携帯が差しだされる。

「落としてた……」

アリサが視線をそらしたまま、ポソッと言う。

「ア……アハハハ……」

(なにテンパってんだ。これくらいのことで……)

ごまかすように笑いながら、健は携帯を受けとった。

雛が席から身を乗りだし、かわりにアリサに操作の仕方を教える。

アリサは神妙《しんみょう》な顔でうなずきながら、それを聞いていた。

連絡先を登録し終えると、雛が彼女に携帯を返す。

「なれたら、そう難しくないよ」

「あ……ありがとう……」

アリサは携帯のアプリを開いて、さっそく登録された連絡先を確かめる。

彼女は口もとがゆるみそうになるのをごまかすように、くちびるを軽くかんだ後、コンッと携帯をあごに当てていた。

◆◇◆♥◆◇◆

「お前、雛の連絡先きいてどうすんだよっ⁉」

虎太朗の声を聞き流しながら、健は上機嫌《じょうきげん》に歩いていた。

学校を出てからもずっとこんな具合で、気づくとにやけそうになっている。

「聞いてんのか⁉　シバケン」

「あームリだね。あれは」

虎太朗と並んで歩いていた幸大が、そう言ってとけそうなアイスを口にする。

「俺だって……まだ……っ！」

「幸大～～、こたちゃ――ん、俺、ガンバるわ――」

健は頭の後ろで手を組みながら二人に宣言した。

「何をだよ‼」

虎太朗がチューブに入ったアイスを、グニュッと握《にぎ》りつぶす。

「何喜んでんだよ、くそくそっ‼」

「虎太朗、アイス、こぼれてる」

「おわっ！」

◆◇◆　♥　◆◇◆

『ひゃ――――！』

家に戻《もど》り、二階の自分の部屋に向かおうとした愛蔵は、隣《となり》の兄の部屋から聞こえた声に、ビクッとする。

(なに一人ではしゃいでんだ……)

「怖《こわ》っ!!」

そそくさと自分の部屋に入ると、パタンとドアを閉めた。

◆◇◆♥♥◆◇◆

ベッドに寝転《ねころ》がったまま、健は携帯《けいたい》を確かめる。メッセージはまだ入ってなかった。

(こっちから、送ってもいいんだよな?)

いつもならためらうことなんてないのに、携帯のキーボードを打つ手が思うように動かない。

「あーっ……どうしよ」

携帯の連絡先を交換《こうかん》するとか、メッセージをやりとりするとか、それだけのことがこんなにもうれしいことだっただろうか。

ただのやりとりでしかないのに。

それなのに、今はなんだか心が浮《うわ》ついてしかたなかった。

『アリサちゃ――――ん♥　よろしくね☺　ところで明日《あした》の放課後ヒマ？』

よしっと決意してから送信すると、すぐに返事があった。

『は？』

と、スタンプが押されている。アリサが好きなパンダのスタンプだ。

短いメッセージのやりとりをながめながら、健は笑《え》みをこぼす。

（少しくらいは、進展してるって思って……いいよな？）

◆◇◆♥◆◇◆

一学期の終業式が終わって夏休みに入ったけれど、アリサは希望制の進学補習に参加するため、毎日のように学校に来ていた。

午前中で授業が終わって校舎を出た時、着信を知らせる音がカバンのポケットから鳴る。

その音に急《せ》かされながら、アリサは携帯をとりだした。

『おーい、アリサちゃん、上〜！』

ふり返ると、教室の窓が開いていて、健が手をふっている。

「今から帰んの──?」

直接声をかけられ、「……なによ?」と愛想《あいそ》ない声で返した。

ピローンと音がして、またメッセージが入る。

『今日、一緒《いっしょ》に帰ろうよ?』

校舎の二階を見上げると、健は背を向けて窓によりかかっている。

(声が届く距離《きょり》にいるくせに……)

『ダメ』のスタンプを押そうとしたのに、急いだせいで『OK』のスタンプを送信していた。

「ああー!!」

アリサはあたふたしながら消そうとしたけれど、その前に既読《きどく》マークがついていた。

『いまのまちがい!!』

『帰りにどっかよっていこーよ? そうだ、ジェラート食べにいく?』

『行きません!』

『じゃ、クレープは? ハンバーガーでもいいよなー。もう、昼だし』

次から次に入るメッセージに、返信が追いつかない。

アリサは携帯を両手で持ったまま空をあおぐ。日差しがきつかった。

健と連絡先《れんらく》を交換してからというもの、忙《いそが》しくて仕方なかった。

気まぐれに入ってくるメッセージを気にして、携帯がそばにあるとソワソワしてしまう。

勉強にだって集中できない。夏休みの進学補習を受けようと思ったのもそのためだ。

それなのに、補習に出てみれば、健も参加しているから、余計に毎日顔を合わせる羽目になっていた。

気にしなければいいだけのこと。携帯だって、スルーしてしまえばいいだけ。

(頭ではわかってるのに)

じっとり汗《あせ》ばんでいる額に手の甲《こう》を押し当てた。


「ふりまわされてる……」

声に出してから、もう一度教室の窓のほうに目をやる。

けれど、そこには健の姿はなく、ヒラヒラとカーテンが揺《ゆ》れているだけだ。

(どこに行ったの?)

さがしても見当たらなくて、それならちょうどいいと、正門に向かって歩きだす。

「アリサちゃん」

横からヒョイとのぞきこまれて、アリサはバッと後ろに飛び退《の》いた。

足がもつれて、体がぐらつく。そのまま尻《しり》もちをつくかと思ったが、健が支えてくれたおかげで倒《たお》れずにすんだ。

ホッとしたのもつかのま、腰《こし》にまわされた腕《うで》に気づいて急いで離《はな》れる。

「危ないよ？」

平然としている健を、アリサはキッとにらんだ。顔が熱いのは、どうしようもない。

「いつも、どーしてそうやって……」

「そうやって？」

（ああ、もう！）

ニコニコしながらきいてくる健から、アリサは顔をそむけた。

「で、どこに行こっか？」

健はアリサの手からカバンをとりあげると、自分のカバンと一緒に持ちながら、スタスタと歩きだす。

「ちょ、ちょっと」

「アリサちゃんはどこがいい？」

「帰るに決まってるでしょ」

「じゃあ、途中《とちゅう》のコンビニでいーや」

「だから、行かな……」

「アイス、食べるあいだくらい付き合ってよ。そんだけでいーからさ」

ほほえむ健に、それ以上つっぱねる言葉が出てこなかった。

なにを言ってもムダ。この調子だから、怒《おこ》る気も失《う》せてしまう。

「……かき……り……」

「えっ、なに？」

「イチゴ練乳のかき氷なら」

思い切って答えると、目を丸くした健が、「アハハハッ」と笑いだす。

「笑うなら……いい」

「いや、だって……すげー、かわいいこと言うから」

（また、すぐそうやって！）

お腹《なか》を抱《かか》えて苦しそうに笑い続けている健に、気がつくとまた頬《ほお》の熱が上がっていた。

携帯《けいたい》の連絡先も交換《こうかん》した。先週はイチゴ練乳かき氷も一緒に食べた。
なかなか順調……だった、はずだった。

◆◇◆♥◆◇◆

「えーっ、シバケン。帰るの？　最近、付き合い悪い！」
不満そうな声を上げる女子に、「あー、ごめん」と笑みを返して携帯を確かめる。
（なんで、返信ねーの？）
女子生徒を残して玄関《げんかん》を出てから、辺りを見まわす。けれど、アリサの姿は見えない。
もう一度、メッセージを送ってみたけれど、既読マークすらつかなかった。
いつもなら、そう待つことなく返信をくれる。忙しくても、スタンプを返してくれる。
それなのに、今日に限ってはそれもない。
携帯を家に忘れたのだろうか。けれど、朝はちゃんとメッセージが返ってきた。
（じゃあ、なんでだよ？）

「……怒らせるようなことしたっけ？」

途中で携帯をどこかにおき忘れたとか、なくしたという可能性もある。

「あっ、落っことして故障したんじゃね⁉　よくやるじゃん」

ポンと手を打って独り言をもらしてから、健は考えこむようにあごに手をやる。

（いや、ないだろ。現実直視しろって。これ、絶対スルーされてんだろ！）

携帯を見つめながら歩いていると、校庭のほうからサッカーボールが飛んでくる。


「シバケン、避《よ》けろ、危ねー‼」

虎太朗のあせった声で、健は「ん？」と顔を上げる。

その瞬間《しゅんかん》、飛んできたサッカーボールが携帯をはじき飛ばして転がった。

カラカラと地面でまわっている携帯に、ゆっくり目をやる。


「悪い、大丈夫《だいじょうぶ》か⁉」

ユニフォーム姿の虎太朗が、あわてた様子でかけよってきた。

そして、転がっている携帯を見て、「うわっ！」と身を引く。

「あ……あのさ。わざとじゃねーから。ほんと、運が悪かっただけだから‼」

「ああ……」

健は放心状態のまま身をかがめ、携帯を拾い上げた。

「おい、シバケン……その携帯の画面……割れ……てんだけど？」

頬を引きつらせながら虎太朗が、恐《おそ》る恐るというように指摘《してき》する。

「あー……？」

携帯を見れば、確かに液晶《えきしょう》に見事な亀裂《きれつ》が入ってしまっていた。

電源ボタンを押しても起動しないということは、完全に昇天《しょうてん》してしまっているだろう。

「弁償《べんしょう》……するから。それ」

「あー……別にいいって。気にすんな」

「……お前、大丈夫か？　ボール、頭に当たったんじゃ……」

心配そうにきく虎太朗の肩《かた》をポンポンと叩《たた》いてから、健はフラフラしながら歩きだした。

◆◇◆♥◆◇◆

（……これって、どうすればいいの？）

アリサは困ったように携帯を見つめていた。

駅前の広場は夏休みということもあり、待ち合わせの学生たちが多かった。

中央のからくり時計がちょうど十二時を知らせて鐘《かね》の音を響《ひび》かせる。


「あれ……高見沢さん?」

声をかけられ、アリサは携帯から顔を上げてパッとふり向いた。

「瀬戸口さん……」

雛は制服姿で、スポーツバッグを肩にかけている。

「……部活?」

ためらいがちにきくと、雛は「ああ、うん」とうなずいた。

「高見沢さんは……誰《だれ》かと待ち合わせ、とか?」

「私は補習の帰りで……」

「そっか……じゃあ、ね」

雛はぎこちなく笑《え》みを浮《う》かべると、離れようとする。

そのバッグを、アリサは「待って!」とつかんだ。

「えっ、な、なに!?」

「瀬戸口さん……今、時間……あるっ⁉」

◆◇◆♥◆◇◆

広場の一角に、クレープショップの車が止まっていた。

目の前に噴水《ふんすい》があり、水しぶきのおかげで少し空気がひんやりしている。

その周りでは、子供たちがはしゃいでいた。


アリサはイチゴクリーム、雛はチョコバナナのクレープを注文し、日陰《ひかげ》のベンチに移動する。

二人並んで座りながら、「いただきますっ！」と大きな口で頬張《ほおば》った。

「んん――――っ‼」

「んんっ‼」

思わず足をパタパタさせたいほどおいしい。行列のできる人気の店だけある。

クレープはモチモチ、クリームもフルーツもたっぷり。ほどよい甘さだから、いくらでも食べられそうだ。

「高見沢さん、ほっぺにクリームついてるよ」

「瀬戸口さん、口にチョコついてる」

言うタイミングが同じで、思わず顔を見合わせる。

アリサはつい、吹《ふ》きだしそうになった。


「それで……高見沢さんの相談って？」

ここにこうして並んでいるのは、クレープを食べるのが目的ではない。

もちろん、クレープはおいしくて大満足だが、本題は別にある。

ただ、それを雛にはどう話していいのかわからない。

そもそも、こんなことを誰かに相談するのは初めてだった。

こんな時、普通《ふつう》の友達同士だったら、もっと気楽に話せるのだろう。


「あるんでしょ？」

アリサがいつまでも話しださないので、雛が先をうながす。

「け、携帯の……使用上の問題？」

話を切りだすと、雛が「携帯？」と首を傾《かし》げる。

「基本操作くらいなら、私でもわかるけど」

「そうじゃなくて、たとえば……」

ためらうように一度黙《だま》ってから、アリサは改めて口を開いた。

「誰かから毎日連絡《れんらく》がきてたのに、いきなり途絶《とだ》えたりしたら……どうすればいいのか、とか」

言いながら、だんだん声が小さくなっていくのが自分でもわかった。

「ブロックされちゃってるとか？」

「そう……なのかも」

雛はあごに手を当てながら、「うーん」と小さくうなった。

「心当たりはないの？　たとえば、ケンカしたとか」

「補習のあいだ、携帯《けいたい》の電源を切ってて……そのまま、ずっと忘れて寝《ね》てしまって、メッセージを確認《かくにん》するのが次の日になったことがあって」

「ふむふむ……それで？」

「返信、したんだけど……それきり、既読《きどく》にもなってないし。なにも言ってこなくなったから……こっちも、送れなくて……」

「で、そのまま？」

アリサはコクンとうなずいた。

「直接、きいてみればいいんじゃない？　同じクラスなんだし」

「な、なんて……？」

「なんで、連絡くれないのって」

「それじゃあ、私が連絡待ってるみたいでしょ」

「待ってるんじゃないの？」

「全然、待ってない！　あっちが勝手に色々送ってくるから。返すのが一応、礼儀《れいぎ》だと思っただけで」

「ふーん……そうなんだ」

雛はニコーッと笑みを浮かべ、クレープを頬張る。

「それって、柴崎君のことでしょ？」

「なんでわかっ……っ！」

ベンチから立ち上がったアリサは、ハッとして座り直す。

「だ、誰もそんなこと言ってないから」

とりすまして答えたけれど、頰《ほお》が熱い。アリサは無意識に手でパタパタと扇《あお》いでいた。

「高見沢さんが友達登録してたの、私か柴崎君くらいだし。私じゃなかったら、柴崎君しかいないと思って」

雛は楽しそうに笑みを浮かべていた。

アリサは友人の話とか、知人の話とか、そういう切り口で相談すればよかったと後悔《こうかい》する。

「言っておくけど、おもしろがって送ってくるだけだから！」

「でも、ちょっと意外かな」

「な、なにがよ？」

「高見沢さん、柴崎君のこと苦手っぽいって思ってたから」

「得意なはずないでしょ。あんな気まぐれで、テキトーな人」

そっ気なく答えてから、アリサはニコニコしている雛を横目で見る。

「そーゆー、自分こそどうなの？」

「……え？」

「こ・ゆ・き・先パイと！」

キョトンとしていた雛の顔が、わかりやすく赤くなった。

（連絡とれてないんだけど……これって、マズい……よな？）

◆◇◆♥◆◇◆

前を歩いていた虎太朗と幸大が、横断歩道で立ち止まり、健のほうをふり返った。

「シバケン、携帯、直ったのか？」

「壊《こわ》れてたの？　そういえば、この前連絡がつかなかったね」

立ち止まった健は、携帯から視線を離《はな》して二人を見る。

「なー……データ消えた時って、どうすりゃいいの？」

「ログインし直せば戻《もど》るんじゃない？」

虎太朗と顔を見合わせてから、幸大がそう答える。

「戻らない時は？」

「戻らなかったの？」

うなずくと、虎太朗が「えっ、マジか！」と声を大きくする。

「なんでか、最近登録した相手だけ消えたんですけど……」

「それって……もしかして、雛と高見沢のか？」

「事情を話してもう一回登録させてもらえばいいんじゃないかな。ああ、でも、夏休みだね」

「高見沢って、シバケンと同じ進学補習受けてなかったか？　学校に来てんだろ？　雛のは必要ねーだろ！」


健は携帯をポケットにしまうと、虎太朗に歩みよる。

「シバケン……なんか顔が怖《こえ》ーぞ。目が据《す》わってるし」

「誰《だれ》だったっけなー？　人の携帯にゴール決めてくれたのは――――っ」

逃《に》げ腰《ごし》になる虎太朗の肩《かた》をガシッとつかんだ。

「お、俺だよ。悪かったって!!　弁償《べんしょう》はする。分割《ぶんかつ》で！」

「弁償なんて、どーでもいいんだよ。補償入ってんだから。それよりも、俺がききたいのは、どーやったらデータ、戻んだろーってこと！　おかげで、連絡とれなくなったんだけど？」

健が笑顔《えがお》で言うと、虎太朗は身を引きながら顔を強《こわ》ばらせた。

「だから、高見沢に言えばいいだろ！」

思わず無言になると、「シバケン、なにかためらってる？」と、幸大がきく。

「えっ、なんでだ？」

虎太朗も不思議そうな顔をして健を見た。

「……」

（それができれば、とっくにやってんだよ！）

◆◇◆♥◆◇◆

すっかりクレープを食べ終えた雛とアリサは、追加でジェラートを買う。

いつもならシングルにするところだが、あれこれ選んでいるうちに、気持ちが高まってしまって、気づけば二人ともトリプルになっている。

アリサはカップに山と盛られたジェラートをスプーンですくい、口に運んだ。

外が暑いぶん、冷たさがきわ立って格別においしく思えた。

「しないの？」

アリサはそうきいてから、チョコミントをすくって口に入れる。

「な、なにを⁉」

雛がパッとふり向いた。その瞳《ひとみ》にはうろたえたような色が浮《う》かんでいた。

「告白。また、黙《だま》ったますごして、泣きながら見送るつもり？」

「それは……私だって、色々……考えてるの！」

「煮《に》え切らないんだから」

「自分だって、連絡《れんらく》がとれなくて悩《なや》んでたくせに」

アリサと雛は、おたがいにプイッと別々のほうを向く。


にぎやかな子供の声と、蟬《せみ》の声が気だるくなるような暑さの中に響《ひび》いていた。

木陰《こかげ》でも座っているだけでじっとり汗《あせ》ばんできて、ジェラートもう半分、とけかけている。

「でも……どうして連絡してこないんだろうね？　柴崎君」

雛はスプーンを口に運んで首を傾《かし》げた。

「急に話を戻さないでよ」

「携帯《けいたい》、壊れたんじゃない？」

「それはない……と思う」

「どうして？」

「昨日、電話しながら学校の廊下《ろうか》を歩いてたから。どこかの女の子と楽しそうに……」

強すぎる日差しのまぶしさと暑さにうんざりして、アリサの眉間《みけん》にしわがよる。

「やっぱり本人に理由、きいてみるしかないんじゃない？」

雛はスプーンをもてあそびながら、ニコーッと笑う。

アリサはギュッとくちびるを引き結んでから、立ち上がった。


「……どうでもいい」

「え？」

「忘れる！　それで、この問題はおしまい」

こんなことで頭を悩ますなんてバカげている。

勉強のことに頭を使ったほうが、よっぽど有意義だ。

（もうすっかり忘れて、補習に集中！）

「いいの？　気になるんでしょ？」

「全然、ならない！」

つい声を大きくして言った時だ。

ジェラートのカップを手に歩いていた三人組が、「あっ」と立ち止まった。

◆◇◆♥◆◇◆

「こ、虎太朗っ！」

「雛っ……な、なんで？」

雛と虎太朗が、おたがいに戸惑《とまど》いの声を上げた。

「私はほら……高見沢さんと……？」

「俺も幸大とシバケンと……なあ？」

虎太朗が話をふると、幸大が「ここのジェラートおいしいからね」と答えた。

「よ……よかったら、一緒《いっしょ》に食べる？」

「あー、そ、そうだな。ここ日陰《ひかげ》だし。他《ほか》に空いてるとこねーし……」

雛と虎太朗が二人にしては、妙《みょう》にギクシャクした会話を繰《く》り広げていた。

そんな中、アリサは押し黙ったままでいた。

いつもなら顔を見ればすぐに話しかけてくるのに、健は声をかけてこない。

その表情を確かめる勇気が出なくて、アリサはずっと視線をそらしたままでいた。

「高見沢さん？」

「……シバケン、大丈夫《だいじょうぶ》か？」

雛と虎太朗が、気づかうようにそれぞれきく。

「私、用事があるから」

アリサはベンチにおいていたバッグをつかみ、急ぎ足で広場を後にする。

「えっ、ちょっと、高見沢さんっ‼」

雛があわてたように後を追いかけてきた。

「高見沢さんっ‼」

雛に腕《うで》をつかまれ、アリサは横断歩道の手前でようやく足を止める。

「柴崎君と、ちゃんと話し合ったほうがよくない⁉」

「なにを？」

「連絡とれなかった事情とか……誤解、あるかもしれないよ？」

「放っておいて……」

アリサはつぶやいて、雛の手をふり払《はら》う。

「えっ、なにそれ。そっちが相談してきたんじゃない！」

「……」

「高見沢さん！」

雛の声を背中に受けながら、アリサは信号が青になると同時に歩き出した。

◆◇◆♥◆◇◆

「しっかりしろ、シバケンっ！」

雛が広場に戻《もど》ると、放心状態の健の肩《かた》を虎太朗が揺《ゆ》すっていた。

「幸大、どーすりゃいいんだ、これ⁉」

反応がさっぱりないので、虎太朗が幸大に助けを求める。

「どうしちゃったの？　柴崎君」

「壊《こわ》れた。高見沢に連絡つかなくなって、さっきまで凹《へこ》んでたんだよ」

「高見沢さんのほうもだよ。連絡こなくなったって……」

「シバケンは、高見沢さんからの返信がなかったって言ってたけど……瀬戸口さん、なにか聞いてる？」

「携帯《けいたい》の電源、入れ忘れてたって」

「なんだよ、それだけのことか？」

雛が答えると、虎太朗が拍子抜《ひょうしぬ》けしたように言った。

「……電源？」

それまで呆然《ぼうぜん》としていた健がピクッと反応する。

「でも、その後ちゃんと返信したって。柴崎君、確認《かくにん》した？」

雛は眉《まゆ》をひそめながら、腰《こし》に手をやる。

「だからそれは……シバケンの携帯、壊れてたんだよ！」

声を小さくしながら健のかわりに答えたのは虎太朗だ。

「だったら、高見沢さんにそう言えばよかったでしょ⁉」

「なんで俺が怒《おこ》られるんだよ！」

「まあ、シバケンの携帯壊したの、虎太朗だしね……」

「幸大！」

「そうなのー!?　じゃあ、虎太朗が元凶《げんきょう》じゃない!!」

「それは……そうだけど……わかったって。俺が悪かった。すみませんでした！」

雛ににらまれて、虎太朗が大きな声で謝る。

「だ、そうだけど……どうするの？　シバケン」

幸大がジェラートのスプーンを口に運びながら、健のほうを向いてきいた。

「ど……どうすんだよ？」

健は途方《とほう》にくれたような顔で、虎太朗を見る。

「俺にきかれてもわかんねーよ。事情話して謝るしかねーんじゃねーの？　それしかねーだろ」

「許してくれなかったら、どーすんの？」

「それは……」

虎太朗は言葉につまり、困ったように雛を見た。

「どう……すんだ？」

「私!?」

いい案が思いつかなくて、雛は「んー……」と考えこむ。

「そういえば……」

幸大がふと思い出したように、携帯をとりだした。

「高見沢さんの家の神社って、七月の終わりに毎年大祭やるんだけど……かなり大きなお祭りだから、いつも手伝いの人手が足らなくて、困ってるみたいなんだよね」

アリサの家の神社のホームページを開くと、幸大はそれを雛と虎太朗に見せる。

「こんなのやってんのか。幸大、よく知ってんなー」

「うちのおじさんの家が氏子《うじこ》総代《そうだい》やっているからね」

「なんだよ、それ？」

「サッカーで言うところの、サポーター団体のリーダーみたいなもの？」

「あー、なるほど！」

虎太朗は納得《なっとく》したのか、ポンと手を打つ。

「で、手伝いしてくれる人、さがしてたんだけど……これに参加して役に立てば、高見沢さんもシバケンのことを少しは見直すんじゃないかな？」

幸大の提案に、雛と虎太朗は顔を見合わせた。

「シバケンだけじゃ心配だし、おじさんの話じゃ、人数は多いほどいいみたいだから、僕らも一応、参加するってことでいいよね？　そう伝えておくけど」

「えっ、俺らもかよ⁉　部活あるんだけど……」

気乗りしなそうな虎太朗を、雛が軽くにらんだ。

「友達のためなんだから、一日くらいなんとかしなさいよ！」

「あーっ、もー、しかたねーなー！」

虎太朗は観念したように言って、頭をガシガシとかく。


「よしっ、そういうことで……」

雛は気合いを入れるように、こぶしを握《にぎ》って二人を見た。

「柴崎君が高見沢さんと仲直りできるように、がんばるよ‼」

「幸大、瀬戸口さん、虎太朗……俺のために……」

健はフラフラと進みでて、虎太朗の両肩《りょうかた》をつかむ。

「ハグさせてくれ」

「いやだっ。暑苦しいからやめろ、よせ、バカ！」

逃《に》げようとする虎太朗を、健はガバッと抱《だ》きしめた。

虎太朗の上げた悲鳴に、地面をついばんでいた鳩《はと》が一斉《いっせい》に逃げだす。

「あ……私、部活あったんだ」

「僕も」

雛と幸大は、見なかったフリをしながら、そそくさと離《はな》れていった。

瀬《せ》戸《と》口《ぐち》雛《ひな》

8月8日生まれ　しし座・A型

高一。陸上部所属。
虎太朗の幼なじみ。
先輩の恋雪に片想い中。

Word6～言葉6～

◆ Word6☆～言葉6～ ◆

神社の大祭当日は、大勢の関係者が出入りするために、アリサはその対応に奔走《ほんそう》していた。

お昼の仕出しがようやく到着《とうちゃく》したので受けとり、奥座敷《おくざしき》に運ぶ。

それが終わって廊下《ろうか》を引き返していると、ちょうど玄関《げんかん》の呼び鈴《りん》が鳴った。


「アリサー、手が離せないから、出てちょうだい」

台所のほうで母が声を上げる。今日は朝からこの調子で、引きも切らず人が訪《おとず》れていた。

アリサは返事をして、パタパタと玄関に向かう。


「ごめんくださーい！」

元気な声を上げながら、玄関戸をガラッと開いたのは雛だ。

その後ろには虎太朗と幸大、それに健の姿もあった。

「えっ……どうして……」

アリサは驚《おどろ》いて四人を見る。

「あー、えっと、それは……」

雛が言いかけた時、「アリサ、どなただった？」と母の声がした。

「お世話になりまーす」

台所から出てきたアリサの母に、四人が元気に声をそろえる。

「あら、あら、あら……まあ。もしかして、アリサの学校のお友達!?」

目を白黒させていた母の顔がパーッと輝《かがや》いた。

「お母さん、ちが……」

あわてて声を上げたアリサの袖《そで》を、雛がクイッと引っ張る。そして、「はい！」と笑顔《えがお》で返事した。

「同じクラスの友達で、今日は、手伝いにきました！」

「ちょっと、瀬戸口さん!!」

「上がって、上がって。今、バタバタしてるんだけど」

母が勧《すす》めると、四人はさっそく靴《くつ》を脱《ぬ》いで上がってくる。

「ああっ、お昼のお寿司《すし》、もうちょっと追加したほうがいいわね。アリサ、後はお願いね！」

そう言うと、母は忙《いそが》しそうに台所に戻《もど》っていった。

「昼、寿司かよ。ラッキー！」

虎太朗がうれしそうな顔をして言うと、雛が軽くひじで押す。

「遠慮《えんりょ》しなさいよ」

「高見沢さん、なに手伝えばいい？」

幸大が靴をそろえてから、クルッと向き直ってアリサにたずねた。

「それじゃ……袴《はかま》に着がえてもらって……授与《じゅよ》所の手伝い、お願い」

「着がえってどこでやんだー？」

虎太朗が頭の後ろで手を組みながら、廊下の奥に進む。その後に雛と幸大がついていった。

残ったのは、アリサと健の二人だけだ。

おたがいに会話のとっかかりがつかめなくて、黙《だま》ったままだった。


「えっと………あの……さ」

困ったように、健が口を開く。その視線は落ち着かないようにさまよっていた。

「こっちだから……」

アリサは背を向けると、廊下を引き返した。

◆◇◆♥◆◇◆

袴に着がえると、四人は『授与所』と立て札のおかれた場所に移動する。

そこで手順などを、アリサから一通り教わった。

四人はお守りや、お札が売られている場所で、参拝客に対応することになっていた。

といっても祭りの本番は夕方からなので、昼過ぎに訪れるのは業者や神社の関係者くらいだ。

雛は『社務所』と呼ばれる事務所で、お茶用のポットを受けとり、授与所の建物まで引き返す。

「高見沢さん、忙しそうだったなぁ……」

アリサは雛たちを授与所に案内すると、すぐに立ち去ってしまった。それからは、ほとんど顔を合わせていない。

（大変なんだ）

雛はアリサの家庭の事情を、少しも知らなかった。今日のように手伝いにこなければ、垣間《かいま》見《み》ることもなかっただろう。

「瀬戸口さん」

呼び止められて、雛は足を止める。パタパタとかけよってきたのはアリサの母だった。

「ちょっと急なんだけど……一つ、頼《たの》まれてくれないかしら？」

「なにをすればいいんですか？」

「予定していた子が急に来られなくなっちゃって、そのかわりをお願いしたいの。わからないことはアリサにきいてくれればいいから。お願いできる？」

「私にできそうなことなら」

雛が答えると、母親は「ああ、よかった」と安堵《あんど》の表情を浮《う》かべた。

「それじゃあ、よろしくね」

「あの、それで……どこに行けばいいんですか？」

「社務所の奥座敷にアリサがいるから。あの子が全部、承知しているから」

「わかりました」

雛は母親にポットをあずけ、社務所に引き返す。

「がんばってね！」

なぜか笑顔で声援《せいえん》を送られ、「ん？」と首をひねった。

（……なにを？）

◆◇◆♥◆◇◆

授与所の仕事を幸大と虎太朗に任せて抜《ぬ》けだした健は、キョロキョロしながら境内《けいだい》を横切る。

アリサや雛は赤い袴だが、男子は水色の袴だ。着がえた時に姿見で確かめてみたが、我ながらそこそこ似合っている。


今日、手伝いにきたのは、アリサと仲直りするためだ。

話をしようにも、夏休み中でもあるため、アリサとは進学補習の時しか顔を合わせない。学校では口もきいてもらえないし、終わればすぐにアリサは帰ってしまう。

神社の手伝いなら、彼女とも話す機会があるだろう。

そのついでに、いいところを見せて株を上げ、アリサに見直してもらう！

というのが、幸大たちと立てた今回の計画だ。

ところが、アリサは授与所で説明し終えるとさっさと立ち去ってしまい、それからはいっこうに姿を現さない。

このままでは話す機会もないと思い、授与所を幸大と虎太朗に任せて抜けだしてきたのに。

アリサがどこにいるのかわからず、無駄《むだ》に境内をウロウロしているだけだった。

「……やっぱ、忙しいのか?」

ポットを手にした雛が歩いていたが、アリサの母に呼び止められて社務所に引き返していった。

もしかして、アリサのところに行ったのだろうか。

「よしっ!」

気合いを入れ、健も社務所に足を向ける。その時だった。

「そこの君、ちょっと!」

呼び止められて、健は「ん?」とふり返った。

やってくるのは、黒縁《くろぶち》のメガネをかけた背の高い男だった。そこそこ若くて、まだ三十代だろう。

「こっち、来て！」

「えっ？　はい⁉」

いきなり腕《うで》をつかまれ、健はそのままメガネの男に引っ張られていく。

（どこに連れて行かれんの⁉　っていうか、この人……誰《だれ》⁉）

◆◇◆♥◆◇◆

授与所の座敷《ざしき》に座った虎太朗が、暇《ひま》そうにあくびをもらす。

その隣《となり》では、幸大が『神社のご案内』と書かれたパンフレットを熱心に読んでいた。

「なー、幸大。シバケンどこ行ったんだ？」

「さあ？　そのへんでサボってるんじゃない？」

「あいつ――っ‼　誰のために、部活休んで、手伝いにきてると思ってんだよ」

虎太朗はそう言うと、ゴロンと畳《たたみ》の上に寝転《ねころ》んだ。

「あー……ヒマ！」

「そのうち、忙《いそが》しくなるよ」

幸大がパンフレットを閉じて、ニコッとほほえんだ。

◆◇◆♥◆◇◆

「ムリ、ムリ、ムリ。絶対、ムリだってば!!」

奥座敷《おくざしき》で待っていたアリサから事情を聞かされた雛は、プルプルと首をふった。

アリサと一緒《いっしょ》に神楽《かぐら》を舞《ま》うことになっていた少女が、急に体調を崩《くず》して来られなくなったらしい。そのため、代役として白羽の矢が立ったのが雛というわけだ。

「大人の人じゃダメなの？」

神社で見かけた巫女《みこ》さんたちなら、神楽も舞えるだろう。

「私と歳《とし》が近い人じゃないと、釣《つ》り合いがとれないって。だから、瀬戸口さんしか頼める人いなくて……お願い、このとおりだから！」

アリサがこれほど頼むなんて珍《めずら》しいことだ。それだけ、困っているということなのだろう。

（なんとかできるなら、なんとかしたいけど……）

「私、神楽なんて全然やったことないし、急に言われても困るよ」

「教えるから。難しい舞《まい》じゃないし、瀬戸口さんならできる！」

「今日でしょ⁉　練習する時間なんて……間に合わないってば。まちがえるかもしれないし」

「まちがえてもいいから！」

アリサが雛の手をつかんで、強い口調で言った。

「そんなわけには……」

「わからなくなったら、私の動き真似《まね》してくれればいい。困ったら、絶対私がなんとかする！」

「高見沢さん……」

「私、瀬戸口さんが友達だって言ってくれた時、すごくうれしかった。本当じゃなくても……うれしかった。こうしてみんなで来てくれて。ほんと、ごめんね……迷惑《めいわく》かけてばっかりで」

途切《とぎ》れ途切れに言葉をつなぐ彼女の瞳《ひとみ》が、潤《うる》んで見えた。

アリサがそんな風に思っていてくれたなんて、雛にとっても意外だった。

胸が熱くなってくる。

(なんだ、そうだったんだ。やっぱり、話してみなくちゃわからないよね……)

言葉が足らないから、すれ違《ちが》いが起こる。それは誰のあいだでも同じなのだろう。

雛はふっと肩《かた》の力を抜いた。

「友達だよ」

アリサの瞳がゆっくり雛に向けられる。

「私も、虎太朗も山本君も。それに、柴崎君もね。迷惑だなんて、思わないよ」

雛は照れ隠《かく》しに笑ってみせた。

驚《おどろ》いたような表情で見つめていたアリサも、うれしそうに口もとをゆるめ、「うん」とうなずく。


「しょーがないなー……」

雛は軽く息をはいてから、気合いを入れるようにグッと顔を上げた。

「本番まで、まだ時間あるんだよね!? 間に合うんだよね!?」

「絶対、間に合わせる!」

アリサと雛はパンと片手と片手を合わせた。

◆
◇
◆

◆
◇
◆

「ごめんなさいねー、授与所《じゅよ》を任せちゃって」

後ろの襖《ふすま》が開いて、お盆《ぼん》を手にしたアリサの母が入ってきた。

寝転んでいた虎太朗はあわてて起き上がり、正座し直す。

「い、いや、別に忙しくないですから」

「これ、さっきいただいたチーズケーキ。すごくおいしーの。だから、食べてね」

母はニコニコしながら、チーズケーキの皿とコーヒーカップをおく。

「おーっ、うまそー！」

「ごちそうになります」

虎太朗と幸大がそれぞれ言って、さっそく皿を手にとった。

大口で一口食べた虎太朗は、「んーっ！」と満足そうな声を上げる。

「そういえば、おばさん。雛は？」

虎太朗がたずねると、アリサの母は「それがねえ」と、頬《ほお》に手を当てた。

「ちょっと、困ったことになっちゃって……」

「えっ、雛になんかあったのか⁉」

「ああ、違うの。そうじゃないんだけど、とにかく、もうちょっと戻《もど》れないと思うから、忙しくなったら、こっちにも人をまわすわね」

アリサの母はそう言うと、立ち上がって出ていってしまう。

虎太朗は大口でチーズケーキを平らげると、スックと立ち上がった。

「虎太朗、どこ行くの」

廊下《ろうか》に出ようとした虎太朗の袴《はかま》を、幸大がつかんで引き止める。

「いや、だって、雛がなんか大変そうだし……ここヒマだろ？」

「店番も大事な仕事」

「……じゃあ……トイレに」

「さっき行ったんじゃなかったっけ？」

「ちょっと様子見てくるだけだ！」

「虎太朗が行っても邪魔《じゃま》になるだけでしょ。人手が必要なら呼びにくるだろうし。座ってなよ。大丈夫《だいじょうぶ》だから」

あきれたように言われて、虎太朗は渋々《しぶしぶ》腰《こし》を下ろしてあぐらをかく。

「ったく、シバケンも戻ってこねーしっ！　あいつ、ほんとどこ行ったんだ？　まさか、帰ったんじゃないだろーな？」

「それはないでしょ。いくらなんでも」

「わかんねーぞ」

「その時は……スイーツバイキング、全員分おごらせるし」

すました顔でコーヒーをすすっている幸大の横顔を見てから、虎太朗はハァとため息をもらした。

◆◇◆♥◆◇◆

（えっ、ちょっと、待って。なに、これ。なんで、こんなことになってんだ⁉）

健がメガネの男に連行されたのは、神社の石段をおりたところにある公民館だった。

そこでなぜかはっぴを着せられた健は、わけもわからないまま、神輿《みこし》を担《かつ》がされる。

毎年恒例《こうれい》の行事で、神社の大祭の日には、こうして神輿を担ぎながら、地元の皆《みな》さんが近所を練り歩くことになっているようだ。

神輿を担ぐ屈強《くっきょう》な男たちが、「ワッショイ！」と野太い声を上げた。

カンカン照りの中、担ぎ手の男たちに押しつぶされていると、目眩《めまい》がしてくる。

(しかも……重い――っ!!)

「ほら、兄ちゃん、もっと声だせ！」

周りからからかいまじりのヤジが飛んでくる。

(なんで、俺が……俺だけが!!)

今ごろ虎太朗と幸大は、クーラーの効いた授与所の中でのんびり涼《すず》みながら、麦茶でも飲んでいることだろう。


沿道ではおばさんたちがカメラや携帯《けいたい》を手に、キャーキャー言いながら撮影《さつえい》している。

神輿を担ぐなんてイベントは、自分の予定には含《ふく》まれていなかったはずだ。

「ほら、ワッショイ！」

「ワッショイ!!」

周りにつられて、健はやけっぱちになったように声を張り上げる。

（こんな目にあわされてんだ――――っ!!）

◆◇◆

アスファルトの路面に陽炎《かげろう》が立つほど外は暑そうだが、車内は寒いほどに冷房《れいぼう》が効いている。

日曜日ということもあり、道路はいつもより混雑していて渋滞《じゅうたい》ができていた。

「明日《あした》は十時から出版社で聖奈ちゃんと雑誌の対談だから。勇次郎《ゆうじろう》にも、起きたら伝えておいて。いいわね!?」

運転席のマネージャーがバックミラーをチラッと確かめる。

「あーっ、はいはい」

後部座席に座った愛蔵は顔をしかめながら、適当な返事をした。

車が道を曲がると、横に寝《ね》ていた勇次郎が肩によりかかってくる。

起きている時とは違《ちが》って、寝ている横顔は大人しいものだ。

愛蔵がグイッと押しのけると、勇次郎は反対側の窓ガラスにゴンッと頭をぶつけていた。

一瞬《いっしゅん》、寝ぼけた様子で目を開いたけれど、よほど眠《ねむ》かったのか、すぐに目を閉じてしまう。

「その後、収録、夕方から打ち合わせ。スケジュールつまってんだから、頼《たの》むわよ」

「あーはいはい」

窓によりかかりながら、愛蔵は外の景色に目をやる。

その時、どこかで祭りをやっているのか、「ワッショイッ！」と威勢《いせい》のいい声が聞こえてくる。

警察が先導する中、はっぴ姿の集団が神輿を担ぎながら移動していた。

それを何気なくながめていると——。

（…………）

（…………!?）

思わず二度見して、愛蔵は窓ガラスにバンッと両手をつく。

「車、車、ちょっと、止めて!!」

思わず大きな声を上げると、マネージャーがあわてた様子で車を脇によせる。

急ブレーキのせいで、ガコンッと揺《ゆ》れた。

愛蔵はなんとか体勢を立て直したが、隣《となり》で寝ていた勇次郎は前のシートにボスッと顔を埋《うず》め、その反動でシートに転がっていた。それでも、スースーと気持ちよさそうに寝息を立てている。

「ちょっと、なに!?」

マネージャーの声を無視し、愛蔵は勢いよくドアを開いて外に飛びだした。


(なにやってんだ、あの人は———っ!!)


「えーっ、うそ。あれ、LIP×LIPの愛蔵君じゃない!?」

「ほんとだーっ!!」

通りすがりの女の子たちが、「きゃーっ」と声を上げる。

(やばっ……)

運転席からマネージャーがおりてきて、ドアを閉めた。

「今の愛蔵のお兄さんよね？　やっぱり、似てるわねー」

「いや、全然、知らないけど？」

愛蔵はそっ気なく答えて、車に引き返した。

「えっ、でも……お兄さんでしょ？　お祭りとか参加するのねー」

「赤の他人だし」

ドアを開けると、シートに転がっている勇次郎を見て舌打ちしてから、引っ張り起こす。

車に乗りこむと、マネージャーも運転席に戻《もど》ってきた。

「お兄さんもイケメンね。今度、名刺《めいし》……」

「だから、赤の他人!!」

そう言い張り、愛蔵は腕《うで》を組みながら窓の外に目をやる。

（……いきなり猫《ねこ》とか拾ってくるし、部屋で雄叫《おたけ》びあげてるし、なんか変な祭りに参加してるし……）

「怖《こわ》っ!!」

つぶやいて、愛蔵は小さく身ぶるいした。

◆◇◆♥◆◇◆

豆大福を大口で頬張《ほおば》ろうとしていた虎太朗は、開いた襖《ふすま》の音でふり返る。

「シバケン！　お前、今までサボってどこ……って、そのかっこう、どうしたんだ？」

フラッと入ってきたはっぴ姿の健は、そのまま畳《たたみ》の上に倒《たお》れこんだ。

「えっ、おい。どうしたんだ⁉　大丈夫《だいじょうぶ》か？」

虎太朗がびっくりして声をかけると、豆大福を持っていた手をガシッとつかまれる。

「うおっ、な、なんだよ。これは俺の豆大福だぞ⁉」

「ア……サ…………」

「な、なんだって？」

「アリサちゃん…………いねーし……」

「そんなことより、お前も仕事しろよ。はっぴとか着て、一人で浮《う》かれてんなよ」

虎太朗がそう言いながら、健の手をふり解《ほど》く。

その時、「ああ、ここにいた！」と廊下《ろうか》のほうから声がした。

授与所《じゅよ》をのぞいたメガネの男が、遠慮《えんりょ》なく中に入ってくる。

「柴崎君、まだ仕事残ってるんだから」

メガネの男は、倒れ伏《ふ》している健の襟《えり》をつかむと、そのままズルズルと引きずっていった。

その姿を、虎太朗と幸大がポカンとして見送る。

「シバケン、どこ、連れていかれたんだ？」

「……さあ？」

二人は顔を見合わせ、「まあ、いいか」と豆大福を頬張った。

◆◇◆♥◆◇◆

健がようやく解放されたのは、夕刻になってからのことだった。

次々に運びこまれる奉納品《ほうのう》の米俵や酒樽《さかだる》、ビールのケースを拝殿《はいでん》まで運ばされ、それが終われば、沿道に出る夜店のテントの設営と、休む暇《ひま》もなかった。

そのせいで、体のあちこちが悲鳴をあげている。

（あのメガネ……人を馬車馬のように!!）

健はフラフラしながら廊下を通り、襖を開いた。

授与所には参拝客が集まり、虎太朗と幸大が対応に追われている。

「あっ、やっと戻ってきた！」

虎太朗がお守り袋《ぶくろ》を補充《ほじゅう》しながら、ふり返る。

「手伝えよ、シバケン！　今、すげー忙《いそが》しいんだから」

健が力なく手をふると、虎太朗はあきれたように顔をしかめた。

そのあいだにも、あちこちから「すみませーん」と声がかかる。

虎太朗はすぐに向き直り、あたふたしながらも対応していた。

健が幕の陰《かげ》に移動して休憩《きゅうけい》していると、幸大がやってきて冷えた麦茶のグラスを差しだした。

「どこ行ってたの？」

「きくなよ」

健はグラスを受けとり、疲《つか》れたように笑った。

（ほんっと……楽、させてくれねーわ……）

「ここはかわるから、神楽《かぐら》見て楽しんできて」

アリサの母親に言われて、健は幸大や虎太朗たちと一緒《いっしょ》にお囃子《はやし》の音が聞こえている神楽殿のほうに向かう。

◆◇◆

外はすっかり日が暮れ、広場には大勢の人たちが集まっていた。

夜風に揺《ゆ》れている松明《たいまつ》が、明るく舞台《ぶたい》を照らしだしている。

もうすでに神楽は始まっているらしく、シャランッと鈴《すず》の音が涼《すず》やかに鳴り響《ひび》いた。


「えっ、雛ーっ!?」

人垣《ひとがき》の後ろからのぞいていた虎太朗が、びっくりしたように声を上げる。

舞台の中央で鈴を手に舞《ま》っているのは、アリサと雛だった。

二人とも、おそろいの巫女《みこ》装束と、髪飾《かみかざ》りをつけている。

明かりに照らされたその顔には、ほんのりと化粧《けしょう》をしているようで、赤く紅の塗《ぬ》られたくちびるは緊張《きんちょう》したようにキュッと一文字に結ばれていた。

アリサは長い髪を後ろで一つに束ねていた。

いつもは不機嫌《ふきげん》そうな表情なのに、今は真剣《しんけん》そのもので、瞳《ひとみ》は明かりに照らされてきらめいている。

雛と合わせてふわりと舞うと、袖《そで》が軽《かろ》やかにひるがえる。

シャランッと鳴った鈴の音に、笛の高らかな音色が重なって夜の空にとけていった。


（ああ……なんだろうな、これ）

人垣の後ろのほうで舞台をながめながら、健は汗《あせ》ばんでいる自分の額に手を運ぶ。

わけもわからず神輿《みこし》を担《かつ》がされて、あげくに米俵や酒樽を運ばされて。

そのあとも散々こき使われて、アリサには全然会えなくて、いいところなんて見せられなかった。

これでは、仲直りする作戦は失敗で、ただの骨折り損だ。

なんて、ほんとは少し思っていた。

今日一日の苦労は、気づけば全部吹《ふ》っ飛んでいた。

目に焼きつけておきたいほどに、その光景は全部が綺麗《きれい》で、胸の奥がどうしようもなく——ただ熱かった。

ふと、隣《となり》に目をやれば、虎太朗も言葉をなくしたように舞台の上の雛に見入っている。

いつか、学校で雛を見つめていた時のように。そこから一秒も目が離《はな》せないように。

(俺も、同じ顔になってんだろうな……)

たぶん、ずっとうらやましかった。誰《だれ》かを真剣に、一途《いちず》に想《おも》えることが。

誰か一人をそんな風に想えたらと、思い続けてきた。

シャラシャラシャラシャラと鈴を鳴らして舞い終えると、アリサは雛と目配せし合う。

二人は緊張が解けたのか、ホッとしたような表情になり、おたがいに笑顔《えがお》になっていた。

幸大が後ろのほうからカメラのシャッターをきる。そのレンズを、今度はこちらに向けてきた。

カシャッという音に、虎太朗は我に返ったようだった。

「幸大、なに、撮ってんだ!」

「いや、なんか幸せそーな顔してたから。二人とも」

「ハッ⁉ してねーし。だいたい、なんで雛が高見沢と一緒に⁉」

虎太朗は顔を赤くしながら、舞台を指差した。

「まあ、いーじゃん。いーもの見れたんだし」

健は虎太朗と肩《かた》を組む。

「まぁ……そうだけど」

虎太朗は舞台をおりる雛の姿を、見えなくなるまで見つめていた。

「あとで瀬戸口に、虎太朗が見つめてたって教えてやろ」

「やめろ。絶対、言うな――っ‼」

あせっている虎太朗に笑いながら、健は頭の後ろで手を組んで歩きだした。

◆◇◆♥◆◇◆

祭りが終わったのは、夜の九時過ぎだった。

片づけを終えて奥座敷《おくざしき》に向かうと、大人たちがすでに宴会《えんかい》を始めている。

広い和室の中央には座卓《ざたく》が並び、料理がズラッと用意されていた。

「おおーっ、舟盛《ふなも》りに唐揚《からあ》げ！」

瞳を輝《かがや》かせながら、虎太朗がさっそく座卓につく。幸大と健も、その隣に並んで座った。

「もー、あんまりはしゃがないでよ。恥《は》ずかしーなー」

部屋に入ってきた雛が、虎太朗の向かいに座る。

すっかり私服に着がえていて、化粧も落としていた。その顔を虎太朗がマジマジと見る。

「な、なによ……」

「いや……別に……」

雛に軽くにらまれて、虎太朗はさりげなく視線をそらした。

「見とれてたんだよなー、虎太朗。さっきもそーだったし」

健がからかうように言うと、ボッと火が点《つ》いたように虎太朗の顔が赤くなった。

「そ、それより、なんで雛が神楽なんて舞ってたんだ？」

「ほんとは別の子がやることになってたんだけど、その子が急に来られなくなったみたいで……頼《たの》まれて引き受けたの。ほんと、大変だったんだからね。虎太朗はずーっと、授与所《じゅよ》に座ってただけだろうけど」

雛はジトーッと虎太朗を見る。

「俺だって、そこそこ忙《いそが》しかったんだよ！」

「そこそこねー。どーせ、ケーキ食べたり、大福食べたりしてゴロゴロしてたんでしょ？」

見透《みす》かされたように言われて、虎太朗は気まずそうに視線をそらす。

こらえきれなくて、健がクククッと声をもらしていると、「笑うなよ」と虎太朗ににらまれた。

「ずっとサボってどっか行ってたくせに」

「俺は俺でけっこー忙しかったんだって」

健は笑いながら、エビフライに手を伸《の》ばした。


その肩が後ろからポンと叩《たた》かれる。

「柴崎君、今日はお疲《つか》れ」

ニコッとほほえんだのは、今日一日引っ張りまわしてくれたメガネの男だった。

「あっ、おじさん」

そう呼んだ幸大の顔を、虎太朗と健が「え!?」と見る。

「やあ、幸大。みんなも今日は助かったよ」

メガネの男はそう言うと、盛り上がっている大人たちのほうに移動する。

（幸大のおじさんって、あの人かよ！　どうりで、メガネがそっくりだと……）

なんだかどっと疲れて、健は「ハハッ」と力なく笑った。

◆◇◆♥◆◇◆

にぎやかだった宴会がお開きになったのは、十一時過ぎだった。

アリサは片づけをするため、お盆《ぼん》を手に奥座敷に向かった。

みんなはもう帰ってしまっただろう。忙しくて雛たちを見送れなかったのは心残りだった。

せっかく、手伝いに来てくれたのに、ろくにお礼も言っていない。

襖《ふすま》を開いて中に入ったアリサは、「え？」と声をもらす。

誰もいないと思っていたのに、暗い部屋の中に一人、健が座布団《ざぶとん》を枕《まくら》代わりにして横になっていた。

お盆を座卓におき、アリサは健に歩みよる。

しゃがんでそっと顔をのぞいてみれば、すっかり眠《ねむ》ってしまっているようだ。

あまりに気持ちよさそうに寝《ね》ているから、虎太朗たちも起こさずにおいたのだろう。

家はどこだっただろう。徒歩で帰れる距離《きょり》だっただろうか？

電車なら、そろそろ起こさなければ終電に間に合わなくなる。

(それとも、遅《おそ》いからこのまま寝かせておく？)

母屋《おもや》は別だから、ここで寝かせておくだけならかまわないような気もするが人の目もある。

アリサはためらいがちに手を伸ばした。

揺《ゆ》すり起こそうとすると、健がうっすらと目を開く。

手をとられて、アリサはあわてて引っこめようとした。

「な……に……」

「……よーやく、会えた」

「……え？」

目を細めると、健が手をキュッと握《にぎ》ってきた。

手のひらから伝わる体温に、自分の体温まで急に上がっていく。

それがたまらなく恥《は》ずかしくて、アリサはパッと手を放した。

「もう、みんな帰ったわよ！　あとは柴崎君だけだから……」

手を後ろに隠《かく》しながら、あえてそっ気なく言う。けれど、声が少しうわずった。

健は身を起こして、他《ほか》に人のいない座敷を見まわす。その顔はまだ眠そうで、瞳《ひとみ》もトロンとしていた。

（そうだ、ちゃんと言わないと……）

アリサは緊張《きんちょう》したように膝《ひざ》の上で自分の手を握りしめ、口を開く。

「今日……ありがと……」

目を見てちゃんと言える自信がなくて、手もとを見つめたまま伝えた。

「色々、手伝ってくれたって聞いてる。がんばってくれたって……」

視線を少しだけ上げると、健は楽しそうな笑《え》みを浮《う》かべている。

なぜかあせってしまい、アリサはパッと顔をそらした。

「そういうわけだから……今度、また、ちゃんとお礼……」

「アリサちゃん」

名前を呼ばれて、ドキッとした。

人声の消えた部屋に、旧式のエアコンのうなるような音が聞こえていた。

風は送られてくるのに、少しも効いていないのではないかと思うほど蒸《む》し暑い。

「俺とさ……付き合ってみない？」

健は相変わらず笑みを浮かべたまま見つめてくる。


「……え？」

アリサの口からもれたのは、動揺《どうよう》した声だった。

「……って、言ったら、どーする？」

「ね、寝ぼけてるの⁉」

健の言葉にカァッと顔の熱が上がり、怒《おこ》ったような声になった。

アリサは汗《あせ》ばんだ手で、ギュッとスカートを握りしめる。

「どーだろ？」

健はそう言って、おかしそうに笑った。

「寝ぼけてる！　さっさと帰って寝れば⁉」

立ち上がり、アリサはクルッと身をひるがえして部屋を出る。そのまま、急ぎ足で廊下《ろうか》を通り抜《ぬ》けた。

母屋に戻《もど》ると、階段をかけ上がって自分の部屋に飛びこんだ。
パタンとドアを閉め、息をはきだしながらその場に座りこむ。
心臓が痛いくらい、ドクドクと脈打っている。
熱が上がっている額に手をやり、アリサは天井《てんじょう》を見上げた。

『俺とさ……』

(ふざけないでよ。なに言ってるの？)
いつも、適当な調子のいいことばかり。全然、本気でもないくせに。
(でも、もし……本気だったら？)
胸にこぶしを押し当てながら、小さくうずくまる。結んでいない髪《かみ》が肩《かた》をすべった。
(……ないでしょ。わかってるくせに)

健の言葉で、こんなにも簡単に心が揺れる。

電気の消えたまっくらな部屋の中、アリサはクシャと自分の髪を握った。

◆◇◆♥◆◇◆

灯籠《とうろう》の明かりに見送られ、健は神社の石段をおりる。

深夜が近いため、表の道路はほとんど車が通らない。人の姿も見当たらなかった。

自動販売機《じどうはんばいき》の明かりに誘《さそ》われた虫が、プラプラ飛んでいる。

健は手をズボンのポケットにしまったまま、ゆっくりした足どりでその前を通りすぎた。

(寝ぼけている、か……そーかも)

今日一日のことはなんだか全部現実感が薄《うす》くて、夢の中にいるような感覚が体を包んでいた。

地面がフワフワしているようで、歩いている感覚すら確かには思えない。

自分をとり巻く世界は、いつも色あせていて、なにをしていても、誰《だれ》といても、なにも感じられなかった。

退屈《たいくつ》で、単調な日々の繰《く》り返し。

いつまで、こんな日々が続くのだろう。続けていかなければならないのだろう。そんなことを考えながら、周りに合わせて適当に笑って、はしゃいでいた。

（バカだよな。ほんと）

本当にやりたいことをやらなければ、楽しめるわけがない。

本当に欲しいものでなければ、手に入れたって満足できるはずもない。

体は疲《つか》れているのに、心は軽くて、すっきりした気持ちで健は夜空を見上げる。

ずっとさがしていたものは、もうとっくに見つかっていた。

気づかないフリをしてきただけで、ちゃんとこの胸の中にあった――。

◆◇◆　♥　◆◇◆

愛蔵が家に戻りリビングのドアを開くと、部屋の中はまっくらだった。

誰もいないのかと思えば、ソファーに兄が寝転《ねころ》がっている。

帰ってきてそのまま横になったのだろう。服も着がえないままだ。

「うーっ……米俵……が……」

そんな寝言をもらしながらうなっている。胸の上にちょこんと乗っかった子猫《こねこ》のクロが、「遊んで遊んで」と催促《さいそく》するように頬《ほお》を前足で叩《たた》いていた。

愛蔵は足音を立てないように入ると、ソファーに歩みより、クロを抱《かか》え上げる。

(なにをやっているんだか。ほんとうに、らしくないことばかり……)

クッと笑ってから、愛蔵はその場を離《はな》れた。

◆◇◆♥◆◇◆

学校に向かう道を歩きながら、健はとりだした携帯《けいたい》を見つめる。

祭りの日の帰り、見送ってくれたアリサの母に電話番号を書いたメモを託《たく》した。

連絡《れんらく》先をもう一度きく機会もなくて、他《ほか》に方法が思いつかなかったからだ。

あの日から、連絡を待っているけれど一度もない。

アリサの母親はクスクス笑いながらも、「頼《たの》まれました」と言ってくれたから、あのメモはアリサの手に渡《わた》っているだろう。

（これって、やっぱ、拒否《きょひ》られてんのかな？）

足を止めて顔を上げると、アスファルトの路面に陽炎《かげろう》ができている。

携帯を握《にぎ》りしめながら、健は途中《とちゅう》まできた道を引き返した。

(12)
23:27
アリサちゃん
アリサちゃーーーん
よろしくね
ところで明日の放課後ヒマ?
は?
23:28
Word7 ~言葉7~

ひゃー

◇◆◇Word7★～言葉7～◇◆◇

「でもって、この『松』が『待つ』の掛詞《かけことば》になっていて……ようするに、こんなに待ってんのに、なんで来てくれないの？　という恨《うら》み節の歌なわけだ。男子は彼女とのデートには遅《おく》れないことー。あと、マメに連絡とってないと、こういうことになるからなー。あ、しつこすぎてもダメだから。そこ肝心《かんじん》。テストに出るから覚えておくよーに」

明智《あけち》先生が黒板にチョークを走らせながら、眠《ねむ》たげな声で説明を続ける。

その声を聞きながら、アリサはぼんやりと窓の外を見つめていた。

進学補習は健も受けているはずだが、その姿は教室の中にはない。

(昨日は来ていたのに……)

ノートのあいだにはさんでいたメモを開き、迷った後で折りたたむ。

連絡できるはずない。会って平然としていられる自信なんてなかった。

◆◇◆

木もれ日の揺《ゆ》れる神社の石段で、どれくらい待っていただろうか。

アリサが戻《もど》ってくるのが見えて、健は立ち上がる。

石段の下で足を止めたアリサは、「え……」と目をみはっていた。

おどろきと、戸惑《とまど》いの色がその瞳《ひとみ》に浮《う》かんでいる。

そんな彼女を見下ろしながら、健はふっと表情をやわらげた。


中学のころ、初めてこの階段でアリサとすれ違《ちが》った。

虎太朗と同じクラスの子だとわかったけれど、声をかけられなくて。

屋上で大泣きしていた時も、中庭でばらまかれたバッグの中身を拾い集めていた時も、なにもできなくて、ただ見ているだけだった。

それから、同じ高校に入って、同じクラスになって。

『きっとそれじゃつまんないよ……』

そう言い放った彼女の言葉に、いらついたりして。

笑ってしまうくらいうまくいかなくて、声をかけるたびに怒《おこ》らせてきた。

でも、教科書を差しだした時、少し笑ってくれて、それがうれしくて。

連絡《れんらく》先を交換《こうかん》できただけで、有頂天《うちょうてん》になって、バカみたいにはしゃいだりした。


「なに……してるの？　今日、補習だったでしょ？」

「待ってたんだよ。アリサちゃんを」

「なん……で」

「んー……愛の告白のため？」

「からかってんの？」

不機嫌《ふきげん》な顔になったアリサに、「ははは、だよなー」と健は笑う。


本気になんてならないよ、とかっこつけてたくせに。

めちゃくちゃ、本気になって。

彼女の言葉に心揺らされて、気づけば必死になって追いかけていた。

自分の中に、熱なんてどこにもないと思っていた。

誰《だれ》にも本気になれないんだと思っていた。

（そりゃ、そうだよな……）

ずっと、気づかないで片想《かたおも》いをしていたのだから。

（何年越《ご》しだよ？）

「笑いごとじゃない！　この前だって……」

「からかってない」

健が笑うのをやめて真顔になると、アリサは戸惑うように押し黙《だま》った。

《君の心揺らす僕の言葉はありますか？》

「俺……結構、本気だから」

「ウソ……」

アリサはポツリとつぶやく。

「ウソじゃないって」

健は断言して、まっすぐアリサを見た。

「だからさ。考えてみてよ……」

アリサは少しうつむくと、急ぎ足で石段をあがってくる。

そのまま、なにも言わずに横を通りすぎてしまった。

かたくななその表情に、伸《の》ばそうとした手が止まる。

その手をポケットにしまうと、健は空をふり仰《あお》いだ。

《心の片隅《かたすみ》に僕がいるなら……》

拾い上げたカバンを肩《かた》にかけると、健はゆっくり石段をおりていく。

《君の心揺らせ。僕の言葉で引き寄せて》

本気を詰《つ》め込んだ少し真面目《まじめ》な愛で――。

◆◇◆♥◆◇◆

そのまま、アリサとは顔を合わせる機会もなくて、夏休みが過ぎていった。

相変わらず連絡は入らず、健は携帯《けいたい》を見つめる。

休憩《きゅうけい》時間の廊下《ろうか》は、うるさいくらいににぎやかだった。休み明けで、クラスメイトや友達と久しぶりに顔を合わせたから、テンションが上がっているのだろう。

そんな生徒たちの声を聞きながら、健は壁《かべ》によりかかった。

「……このままじゃ、ダメだって」

いつか聞いたアリサのセリフをつぶやいてみる。

「あー……、カナちゃーん？　もう遊べなくなっちゃったー」

携帯を耳に当てると、健は電話に出た相手にそう伝えた。

◆◇◆♥♥◆◇◆

「ちょっと、シバケン！」

階段に向かっていた健は、怒った声に呼ばれて足を止める。

かけよってくるのは、女子生徒二人だった。

「もう連絡とれないってどういうことー？」

「そうだよ、シバケンー。なんでなのー!?」


今さら全部捨ててやり直そうなんて、ほんとに都合のいい話だ。

それでも、今のままではダメだから。このままでは届かないから。

他《ほか》の誰にきらわれてもいい。わかってくれるのは、一人でいい。


健はゆっくり上を見上げて笑《え》みをこぼす。

君だけに届けば、それで――。

◆◇◆ ◆◇◆

廊下を歩いていたアリサは、健と女子の姿を見かけて足を止めた。

いつもと変わらない笑顔で、女子たちと楽しそうに話しこんでいる。

その姿に、アリサは表情をくもらせた。


(やっぱり、うそなんだ……)


健が女子たちとの会話を打ち切って戻《もど》ってくるのがわかり、表情をかたくする。

健もアリサがいることに気づいて、ハッとしていた。

「アリサちゃ……」

ためらいがちに声をかけてきた彼の横を通りすぎ、アリサは小走りに教室に戻る。

(どうやって信じればいいの？)

どこまで本心かわからないのに。
信じたいのに。信じさせて欲しいのに。
胸が痛い。
(ねえ、教えてよ……)
——あなたの『本気』はどこにあるの？

◆◇◆♥♥◆◇◆

部活を終えて帰る途中《とちゅう》、虎太朗は健の姿を見つけて足を止めた。

駅前の本屋の前だ。自動ドアのそばにあったカプセルトイの機械の前に、しゃがみこんでいる。しかも、なぜか小学生の集団にとりかこまれていた。

っくりする。

「あーっ、またこれかよ！」

機械に小銭《こぜに》を投入してガラッとレバーをまわした健は、落ちてきたカプセルを手にとってが
「違《ちが》うのー？」

「今度はなにがでたの？」

「ねーねー、それ、もらっていい？」

そんな声を上げながら、小学生たちがワイワイ騒《さわ》いでいる。

「きた――――っ!!」

うれしそうに声を上げげた健は、カプセルをひねってポヨンとしたパンダのぬいぐるみをとりだした。それを、そばで見上げていた女の子に、「はい」と差しだす。

「わぁ、ありがとー。おにいちゃん!!」

女の子は大事そうにぬいぐるみを手で包み、うれしそうに笑った。

「あー……じゃあ、気をつけて帰れよ」

健は女の子の頭にポンと手をのせてから、腰《こし》を上げる。

女の子は周りの男子たちと一緒《いっしょ》に、山ほどのカプセルを抱《かか》えて立ち去っていった。

それを見送って、健はグッと伸びをする。

「シバケン、なにやってんだよ？　小学生にまじって」

虎太朗が声をかけると、健が「あ？」とふり返った。

「あー……これ、あの子がレアなやつ出してたからさ。交換《こうかん》してもらったんだって。あの子、他のやつが欲しいって言うし。でも、出ろって思うと、なかなか出ないんだよなー。こーゆーの」

笑いながら、健は指に引っかけているキーホルダーを見せる。

健がいつもカバンにつけているのと同じ、シロクマのマスコットがプランと揺《ゆ》れていた。

「そーいや、それのパンダのやつ、高見沢もカバンにつけてるよな？」

「……好きなんだろ？」

そう言うと、健は足もとにおいていたカバンを拾い上げた。

並んで歩きながら、虎太朗は健の横顔にさりげなく視線を向ける。

このところの健はいつも通りだ。学校でも楽しそうに笑っている。

ふざけてからんでくるところも変わっていない。ただ、頻繁《ひんぱん》にやりとりしていた女友達との連絡《れんらく》はパッタリ途絶《とだ》えたようで、保健室に通うことはなくなった。

「お前さ。高見沢と、あんまり話してないよな？」

「んー？　そうか？」

健は頭の後ろで手を組みながら、笑顔のまま虎太朗を見る。


(そーだよ。前は顔を見るとすっ飛んでいったのに)

最近、おたがいに距離《きょり》をおいているのが傍目《はため》から見ていてもわかる。

教室でも目を合わせないし、すれ違っても話しかけない。

それがひどく不自然に見えて、すっきりしなかった。

神社の大祭の後から、ずっとそんな様子だった。

健がアリサに無視されて凹《へこ》んでいたことは前にもあったけれど、その時とはなにか違う。


「……まだ、仲直りできてないのかよ？」

「なに？　心配してくれてんの？　優《やさ》しいよなー、虎太朗は。俺、泣くよ？」

はぐらかすように軽い口調で言いながら、健は肩《かた》を組んでくる。

「真面目《まじめ》にきいてんだ！」

「あせるのやめたんだよ。それだけだって」

「……あせってたのか？」

健は答えず、ただ曖昧《あいまい》な笑《え》みを浮《う》かべて腕《うで》を離《はな》した。

「虎太朗ー、アイス食って帰ろうぜ。お前のおごりで」

「ハァ⁉ なんでだよ」

「俺、さっきので使い果たしたんだよ」

「……ったく。ソーダアイス、半分だからな！」

楽しそうに笑っている健と並んで、虎太朗はその先のコンビニを目指した。

◆◇◆ ♥ ◆◇◆

放課後、図書当番だったアリサは、返却《へんきゃく》された本を書架《しょか》に戻していた。

冷房《れいぼう》が故障中らしく、かわりに窓が開いていたけれど室内にとどまった熱は少しも逃《に》げない。

一番上の棚《たな》に手が届かなくて背伸《せの》びしていると、「手伝おうか？」と声をかけられた。

ふり向くと、小脇《こわき》に本を抱えた幸大が立っている。

「高見沢さん、図書委員だったっけ？」

アリサの手から本を受けとると、幸大は一番上の棚に押しこんだ。

「ありがとう……」

「どういたしまして」

幸大はアリサが抱えている本に目をやった。

「それ、全部？」

「ああ……うん。それより、図書室閉まるわよ？　借りる本があるなら手続きするけど」

「いや、いいよ。もう読んだから」

幸大はアリサの本を半分受けとり、ラベルの番号を確かめながら書架に戻《もど》していく。


「……最近、シバケンと話した？」

そうきかれて、アリサの手がピタッと止まった。

「用がなければ、話さないわよ」

「そういうもの？」

「山本君や榎本とだって、そうじゃない」

「僕らとはそうかもしれないけど……」

「これが普通《ふつう》でしょ」

「……シバケンのこと、まだ怒《おこ》ってる？」

「怒ってるわけじゃない。ただ……もういいって、そう思っただけ」

つぶやくように答えて、アリサは反対側を向いた。

幸大と背中合わせに本を片づけていく。


考えれば考えるほどに、健の気持ちがわからなかった。

『俺……結構、本気だから』

そんな風に真剣《しんけん》な顔をして言っておきながら、変わらず女子にかこまれて楽しそうにしている。

いつもつくり笑いの奥に本心を隠《かく》して、その場しのぎの軽い言葉でごまかしてばかり。

いやなのは……そんな気まぐれな言動に翻弄《ほんろう》されて、心がグラグラ揺らいでしまうからだ。

「まあ、時々……どうしようもないなって思うよね」

「時々じゃない。ほとんどでしょ。いつもふざけて、バカみたいなことばっかり」

「もしかして、付き合ってとか言われた？」

「本気じゃ……」

ふり向いて答えようとしたアリサの頰《ほお》がパッと赤くなった。

「やっぱり、言われたんだ」

「からかっているだけよ！」

不機嫌《ふきげん》に答えると、幸大が「そうかな？」と首をひねる。

「だいたい、私と柴崎君じゃ……全然似合わない」

「そんなことはないと思うけど」

「他《ほか》にいくらでもよってくる女子はいるくせに」

（なんで、私なの……？）


健と出会ってから、ずっと――『なんで？』が頭の中をまわり続けている。

なんで、話しかけてくるんだろう？

なんで、関《かか》わろうとするんだろう？

なんで、付き合おうなんて。

興味を持たれる理由も、好意をよせてもらえる理由も、一つも思いつかなかった。

「シバケン、中学のころから高見沢さんのこと、気にしてたからね」

そんな幸大の言葉に、アリサは「え？」と声をもらす。

「中学……？」

そのころの自分と健には接点なんてほとんどなかった。

「本人も気づいてなかったみたいだけど」


そういえば、中学の時に虎太朗に言われたことがある。

『別に……シバケンに見ててやれって言われたし』


(あのころから……？　でも、どうして？)

クラスで孤立《こりつ》していたのを見られていたのだろうか？

それで、気にしてくれていたのだろうか？


『そんなだから、一人になるんじゃねーの!?』

アリサは自分の口もとに手をやった。

（ああ、そうか……）

高校に入って声をかけてくれたのも、相変わらず一人でいるアリサを、あの人なりに心配してくれたから。女子たちが陰口《かげぐち》を言っていた時、かばってくれたのも。

全部——つながった気がした。

『ねーねー、同じクラスのアリサちゃんだよね？』


とりつくろった笑顔の中の優《やさ》しさに、気づけなかったのは自分のほうだった。

健の笑顔が浮かんできて、胸に熱が宿る。

「なんで……そんな大事なこと、ちゃんと言わないの？」

アリサは天井《てんじょう》を見上げ、思わずもらした。

言ってくれないから、その気持ちに気づくのがこんなに遅《おそ》くなった。

「虎太朗みたいにわかりやすくないからね」

「わかりにくいにもほどがある！」

そう言うと、幸大が「そうだね」と笑《え》みを浮かべた。

「気にしてくれていたのはうれしいけど……だからって、どうして急に付き合おうって話になるの。ほんと、意味がわからない！　同情で言われても困るし」

「それはないよ。たぶん」

「どうして……」

「なんとなく」

「……山本君も榎本と同じこと言うんだ」

「虎太朗？」

「なんとなくだけど、柴崎君はいいやつだって」

「いいやつだよ。勘違《かんちが》いされることも多いし、誤解されることもよくあるし、軽く見られることもあるけどね。自分のことを一番わかってないし」

幸大は手もとの本をペラッとめくりながら、少しだけ目を細めた。

「……シバケンはいいやつだって思われたくないんだよ。自分のことがきらいなんだと思う」

そう言うと幸大はパタッと本を閉じて、まっすぐアリサを見る。

（ああ、なんだ。同じなんだ……）

初めて声をかけられた時、自分と似ていると思った。

笑顔をとりつくろって、本心をごまかしている健のことを。

きらいな自分を消したいから、笑って、違《ちが》う自分を演じる——。


「……ほんと、どうしようもないなぁ」

つぶやいて、アリサは苦笑《くしよう》を浮《う》かべた。

やっぱり、似た者同士。空まわってばかりいるところまで。

「本、戻《もど》しておくから……行ってきたら？」

「でも、私……柴崎君に合わせる顔がない」

その言葉を信じられなくて疑って、あげくに拒絶《きよぜつ》ばかり。

（それなのに、今さらなんて言えばいいの？）

もう一度、やり直しさせて欲しいなんて……都合がいいと思われるに決まっている。

「大事なことは、ちゃんと言わないと……じゃなかった？」

うつむきかけた顔を上げると、幸大がニコッとほほえむ。

(そうだ……今、行かなかったら、後悔《こうかい》する)


「ごめん、山本君！　これ、お願い!!」

残りの本を幸大にあずける。

「ちゃんと話しておいでよ」

幸大に見送られて、アリサは図書室を飛びだした。


靴《くつ》をはきかえて昇降口《しょうこうこう》を出ると、夕焼け空が広がっていた。

携帯《けいたい》にメッセージが入っていて、確かめると幸大からだ。

健の家の住所と、場所の地図のリンクがはられている。

「山本君……ありがとう」

アリサは携帯をしまってかけ出した。


会いたかった。ただ、どうしようもなく――。

Word8
～言葉8～
やっぱりうそなんだ…

だからゴメンネ〜
えー…ひどすぎ!!

◇◆◇ Word8☆～言葉8～ ◇◆◇

アリサは周りを見まわす。閑静《かんせい》な住宅街の中だった。

(この辺だと思うけど……)

夕日も沈《しず》んで、空は薄暗《うすぐら》くなり始めているから、どこが健の家なのかわかりにくい。

さがしていると、電柱のそばのゴミバケツがガタッと音を立てた。

恐《おそ》る恐る見れば、リボンを巻いた黒い子猫《こねこ》だ。

ゴミバケツの後ろからひょこっと顔を出して、こちらの様子をうかがっている。


「あっ、この子……」

公園にいた子猫だった。その後、見かけなくなったのに。

「ミャー」

子猫がよってきたので、アリサは身をかがめ、遠慮《えんりょ》がちに手を伸《の》ばす。

リボンには銀の丸いネームプレートがつけられていた。その表には『クロ』と名前が彫《ほ》られていて、裏には住所も書いてある。

「これ、柴崎君の家の」

（飼い主見つけるの手伝うって言ってたけど……なんだ。自分が飼ってるんだ）

アリサは少し笑ってから、猫を抱《だ》き上げた。

（こんなところまで来たけど……）

冷静になって考えてみれば、家までおしかけて、どうしようというのだろう。


「……やっぱり、やめておく？」

アリサは独り言をもらしながら、クルッと足の向きを変える。

（でも、確かめたい……）

すぐに向き直ったアリサを、クロが「なにやってるの？」とでも言いたげな瞳《ひとみ》で見上げていた。


（なにを？　本当に好きかどうか？）

そんなこと、どんな顔をしてきけばいいのだろう。

（あの人の気持ちが本気だったら……どうするの？　付き合うの？）

それなら、自分の気持ちは？　健のことをどう思っているのだろう？　恋愛《れんあい》なんて考えてもみなかった。しかも相手はあの柴崎健だ。

（答えが欲しい。そうしないと、前に進めない……）

◆◇◆♥◆◇◆

愛蔵は玄関《げんかん》を出ると、「クロ？」と呼びながら辺りを見まわした。

提《さ》げたビニール袋《ぶくろ》の中で、猫缶《ねこかん》がカタカタ音を立てる。

家に帰ると誰《だれ》もいなくて、クロの姿も見当たらなかった。

リビングの窓が少し開いていたせいで、そこから抜《ぬ》けだしたようだ。

（まさか、連れ去られたりしてないよな……？）

愛蔵は落ち着きなく家の前を往復してから、携帯《けいたい》をとりだす。

兄に連絡《れんらく》をとろうとしたが、思いとどまって携帯をズボンのポケットに押しこんだ。

「だいたい、自分の拾ってきた猫だろ……」

さがしにいこうとした時、猫の鳴き声が耳に入る。

黒い子猫を抱いて歩いてくるのは、桜丘高校の制服を着た女子生徒だった。

「クロ！」

呼ぶと、女子生徒の腕《うで》からクロが飛びおりる。

トコトコとかけよってきたクロを、愛蔵は片手で抱き上げた。

「どこ行ってたんだ。ったく……」

クロは首をすくめて、「ミャー」と鳴く。

キラキラした瞳に文句を言う気も失《う》せて、愛蔵は玄関に引き返そうとした。

「あっ、待って！」

女子生徒に呼び止められ、「は？」と眉間《みけん》にしわをよせる。

「その猫……」

「うちのだけど？」

無愛想《ぶあいそ》に答えると、女子生徒は「え？」と目をみひらく。それから、「ああ……」と腑《ふ》に落ちたようにつぶやいた。

「柴崎君の弟なんだ」

（あいつの知り合いかよ……）

それだけでげんなりして、愛蔵はドアを開けた。

中に入ろうとすると、シャツがグイッと引っ張られる。

「……なにか用ですか？」

一応、人目もある。あまり邪険《じゃけん》な対応をするわけにもいかない。

彼女は迷うように足もとに視線を向ける。

それから、意を決した表情で見上げてきた。

「柴崎君……家にいる？」

「さぁ、知りません」

「お願い、教えて！」

「だから、知らないって」

愛蔵はシャツをつかむ彼女の手を外す。

「柴崎君に伝えなきゃいけないことがあるの。でも、電話をかけてもつながらないし、メッセージの返信もなくて……柴崎君の行きそうな場所、どこでもいいから教えて欲しい！」

よほど切迫《せっぱく》しているのか、彼女の瞳は真剣《しんけん》だった。

愛蔵はかすかにため息をついてから、彼女と向き合う。

「あんたさ……あいつのなに？」

「え？」

「彼女？」

そうきくと、彼女は「違《ちが》う」と即答《そくとう》した。

「じゃあ、なに？」

「クラスメイト……？」

「ふーん、で、そのクラスメイトがあいつになんの用？」

たずねると、彼女はしばらく黙《だま》っていた。


「私……自分の気持ちにウソをついた」

うつむきながら、彼女はためらいがちに口を開く。

「そのせいで、友達になれたかもしれない人とうまくいかなくなって……本当の気持ちを伝えておけばよかったって後悔《こうかい》した時には遅《おそ》くて……もう、どうしようもなくて。離《はな》れていってしまった人の気持ちは、簡単には戻《もど》らないのに。そのことを私は……わかってなかった」

彼女はかすかに浮《う》かべた自嘲《じちょう》を消し、まっすぐ愛蔵を見つめた。

「だから、もう間違えたくない」


自分に言い聞かせるようなその言葉が、愛蔵の胸につき刺《さ》さる。

そんなことくらい、知っている。

離れていってしまった人の気持ちが、簡単に戻らないことなんて。


「……ごめんなさい、呼び止めて。自分でさがしてみるから」

彼女はぎこちなく笑《え》みをつくり、立ち去ろうとする。

気づけば、「待てよ」と引き止めていた。

「もしかしたら……」

いつもなら、こんなおせっかいなことはしない。兄の女友達なんて、関《かか》わりたくもない。

ただ、クロを保護してくれたから、その礼くらいはしてもいいと思っただけだ。

(ほんとうに、それだけだ……)

思い当たる場所はただ一ヵ所だけだった。

「たぶん、そこ……他《ほか》、さがしてもいないなら、だけど」

愛蔵が場所を教えてそう言うと、彼女の表情がパッと輝《かがや》く。


「ありがとう！　柴崎君の弟君」

「それやめろ」

しかめっ面《つら》になって言うと、「え？」という顔をされる。

「弟っての……愛蔵って名前、あるから」

「ごめん、じゃあ……柴崎君の弟の愛蔵君」

少しも悪気がなさそうに、彼女はそう呼ぶ。

「だからっ！」

「やっぱり、似てるね。柴崎君と」

「はっ、どこが⁉」

彼女はクスッと笑い、「行ってみる」と言い残してかけ出した。

（ああ、そうか……最近、変だったのは、あの人のせいか）

愛蔵はふっと表情をやわらげる。
名前くらいきいておけばよかったと思ったが、彼女の姿はもう見えなかった。

◆◇◆♥♥◆◇◆

高台の展望台に続く階段を、アリサは息を弾《はず》ませながらあがる。
辺りはすでに暗く、空はすんで星が出ていた。
『あいつ、なにかあるとたまに、展望台行くから……』
愛蔵に言われたことを思い出しながら、まだ続いている階段の先を見上げる。
『この先、展望台』と案内板が出ていた。
携帯《けいたい》をとりだして確かめてみたが、健から電話はかかっていない。
いつも、用もなく携帯を見ているのに。

気づいているけれど、かけ直す気がないのかもしれない。
このところ、ずっと避《さ》けてきた。もういいと、思われてもしかたないだろう。
人の気持ちは簡単に変わるものだ。いやになれば離れていく。

だから、歩みよる努力を続けていかなければならない。
そうしないと、人とのつながりは簡単に切れてしまうから。

最初のつながりをつくってくれたのは、健のほうだった。
『同じクラスのアリサちゃんだよね？』
高校に入って、いきなり声をかけてきたのが始まりだった。
そのあともなんでかしつこいくらいに話しかけてきて、適当なことばかり。
調子のいいことばかり。勝手なことばかり。
そんなところにいら立って、怒《おこ》って……つい、つられて笑ってしまって。
本当なら、おたがいに関わり合うことはなかった。
健が歩みよってきてくれなければ、話をすることもなかっただろう。

ハァ、ハァと息をはきながら、アリサは展望台を見まわす。

人気《ひとけ》はなくて、街灯がチカチカ点滅《てんめつ》していた。

木の柵《さく》がしてある縁《ふち》までいくと、暗がりの中を明るく彩《いろど》る街の明かりが一望できる。

強く吹《ふ》きつける風に、アリサは自分の髪《かみ》を押さえた。

「……どこにいるの？」

(連絡《れんらく》先のメモなんて渡《わた》しておいて。一度も出ないいじゃない)

「も――――っ、バカ‼」

思い切り叫《さけ》ぶと、その声が夜空に広がる。

木の柵につかまりながら、うなだれて、もう一度「バカ……」と小さな声でつぶやいた。


「なにしてんの？」

不意に声をかけられ、アリサはびっくりしてふり返る。

「し、柴崎君！」

いつの間にかそこに立っていた健は、「あれ？」という顔をした。

「もしかして……俺に会いにきてくれた？」

「ちが……っ!!」

カァッとアリサの顔が赤くなり、クルッと後ろを向く。

「えーっ、なに？　違《ちが》うの？」

健はからかうように言って、横からアリサの顔をのぞきこんだ。


腹が立つくらいに、いつも通りの態度だ。

今まで、おたがいに口をきいていなかったなんて、すっかり忘れているみたいに。

（こっちは、あんなに悩《なや》んで、心配したのに……）

健ののん気な顔を見るとムカムカしてきて、アリサは「違う」と強がるように言い張った。


「私はコンビニに行こうとしてただけ」

プイッとそっぽを向いて答えると、健は目を丸くする。それから、「プッ」と吹きだした。

「いや、こんなところにコンビニないから。偶然《ぐうぜん》、通りかかったりしねーから」

「たまには遠まわりして、散歩したくなることもあるの!!」

「じゃあ、そーゆーことにしとくよ」

笑いながら健はアリサの隣《となり》に並び、木の柵によりかかるようにして眼下に広がる夜景に目をやる。

考えていることが少しも読めない横顔を見つめて、アリサは迷うようにキュッとくちびるを閉じた。


「ウソよ……本当は、さがしてた。知ってるでしょ！　何度も連絡したのに……」

アリサがそう言うと、健は「え？」とこっちを見た。

「俺の携帯に？」

「他にどこに連絡するのよ⁉」

「ああっ、そーいや、携帯持ってなかった」

健はポケットに手をやって、思い出したように言う。

（この人は――――っ！）

アリサはバカみたいに思えて、ハァと脱力《だつりょく》した。

（こんなに必死になって……）


「なんで、ここが？」

「柴崎君の弟が、ここだって教えてくれた」

「……あいつが？」

健は眉間《みけん》にしわをよせ、「なんで、わかったんだ」とつぶやいていた。

「でも、そっか……俺のこと、さがしてくれてたのか」

健はうれしそうに言うと、「そっか、そっか」と笑っている。

「連絡がつかないからでしょ」

「俺に会いたいって思ってくれた？」

冗談《じょうだん》とも本気ともつかない瞳《ひとみ》で見つめられて、アリサは言葉につまる。

会えば、顔を見れば、話をすれば、自分の気持ちがわかるのかと思った。

だから、確かめただけだ。けれど、そんな必要なんてなかった。

(確かめなくても、会わなくても、とっくに心の中はこの人でいっぱいで……)

結局、どんなに忘れようと思ってみても、離《はな》れようと思ってみても、できないのだから。

「返事……この前の。言いにきた」

アリサは息を吸いこんで、改めて健を見る。

周りは風の音しかしないから、自分の心臓の鼓動《こどう》が大きく響《ひび》いて聞こえた。

「お、お付き合いすることは、できない！」

「えっ、いきなり、ふられんの、俺⁉」

「ふってない‼」

赤くなっている顔に手をやって、アリサは視線を少しだけそらした。

「え……どういう……こと？」

健が戸惑《とまど》い気味にきいてくる。

「好き……か……きらいかってきかれたら、たぶん、好き……だと思う……って、なに、その顔‼」

感動したように見つめてくる健に、思わず身を引く。

「アリサちゃんの口から好きとか言われると思わなかったから……」

「思うって、言っただけよ」

「そっか、俺……好かれてたんだ。よかった……」

「とにかく、付き合うとかは、無理！」

「えっ、なんで⁉　好きだろ？　俺も好きなのに？　両想《りょうおも》いじゃん。付き合おうって、ならねーの？　なるよな？　なるって！　いや、絶対なる！」

「柴崎君ほど……私は簡単には思えない！」

そもそも、今まで友達付き合いですらうまくやれなかった。いきなり付き合って、彼氏彼女になるなんてハードルが高すぎる。

恋愛《れんあい》だって初めてで、自分の気持ちを持て余しているのに。


「俺、そんなに簡単に思ってないよ？」

そう真顔で言われると顔が熱を帯びて、目を見て話せなくなる。

「だから……そういうことじゃなくて」

（ああ、もう……どう言えば、伝わるの？）

「私は誰《だれ》かを好きになるとか……恋愛するとか……付き合うとか……は、初めてで」

言葉がつかえて、うまく言えない。自分がひどく恥《は》ずかしいことを口走っているような気がした。

「……初めて」

「そう、初めて！　全部、初めて！　だから、急にはムリ……」

うれしそうに聞いている健に、アリサは口をつぐむ。

「もう、いい……」

「えっ、なんで！　聞いてんのに」

「もう、いいっ！　知らない。この話はなし。全部なし！」

アリサは耐《た》えがたくなって、クルッと背を向ける。

「なー、アリサちゃん」

呼ばれたけれど、返事はしなかった。

「俺ね、本当に簡単だなんて思ってないよ？　本気だし、大切にする。絶対」

いつもより柔《やわ》らかく聞こえた健の声に、ドキッとする。

「また……」

「違うって。俺だってさ、こんな本気になったの初めてなんだよ。本当に……」

健は「初めてなんだよ」と、小さな声で繰《く》り返した。

アリサは無意識に、胸に当てた手をギュッと握《にぎ》る。

「だからさ、一緒《いっしょ》に始めようよ？　ここからさ……」

アリサが向き直ると、健はまっすぐ見つめてそう言った。

夜風が熱を帯びた頰《ほお》をフワッとなでていく。


「友達から……なら」

アリサがちょっと迷ってから手を差しだすと、健は意表をつかれたような顔をする。

それから、おかしそうに声を立てて笑った。

「そこから⁉」

「い、いやなら、いいわよ」

「友達から、お願いします」

笑ったまま、健がアリサの手を握る。

胸の鼓動まで、手のひらから伝わってしまいそうな気がする。

緊張《きんちょう》したまま、気づけばどちらとも黙《だま》っていた。

自分から握手《あくしゅ》を求めたくせに落ち着かなくて、アリサは手を引っこめようとした。

けれど、それを引き止めるように、健がキュッと指をからめてくる。

アリサが戸惑うように見上げると、彼は目を細めた。


「今はまだ……それでいいから」

「……うん」

笑《え》みを浮《う》かべ、アリサはもう一度、「うん」とうなずく。


「あーっ、もー、こんな時間になってんのか」

腕時計《うでどけい》に目をやると、健はいつもの軽い調子に戻《もど》る。

「あんまり遅《おそ》くなると、アリサちゃんちのおばさん、心配するよな」

「うちは、そこまで厳しくはないけど……」

「そーんなこと言うと、帰したくなくなるだろー？」

悪戯《いたずら》っぽく笑いながら、健はポケットに手をしまって歩きだした。

「俺もアリサちゃんちの神社まで、散歩して帰ろー」

「あっ、ちょっと。別にいいわよ。送ってくれなくて」

「えー？　散歩するだけだけど？」

そんなことを言い合いながら、二人並んで階段をおりていく。

◆◇◆♥◆◇◆

（友達から……か）

それがなんだかアリサらしい返事のような気がして、健は階段をおりながら口もとをゆるめる。

シャツが後ろからクイッとひっぱられてふり返ると、アリサが足を止めていた。

もの言いたげな様子に、健は「アリサちゃん？」と呼びかける。

「……もし……もしだけど……」

ためらっていたアリサは、視線を少しそらしてから口を開いた。

「私がもう少し、自信が持てるようになったら」

アリサはゆっくり視線を戻すと、先を続ける。

緊張した様子で、少し勇気をふり絞《しぼ》るようにして。

「その時は、今度は私から……告白するからっ！」

宣言するように言うと、アリサは顔を赤くしながら、「だから」と言葉をさがす。

「その時、まだ、気持ちが変わっていなかったら……」

「変わらないよ」

気づけば口から出ていた、迷いのない言葉。

街灯の明かりの下で見つめてくるアリサの瞳《ひとみ》に、健は笑いかける。

「この気持ちは変わらないから」

あせらなくても、どちらかが歩みよる努力をやめなければ、きっとこのつながりは切れたりしない。

「俺は、待ってるから」

「……そんなこと言って……すぐ、目移りするくせに」

アリサは涙《なみだ》ぐみそうになったのか、フッと空に目をやった。

「な、ならないって。ほんと、絶対」

「どーだか」

「いつか、その生意気な口に愛してるとか言わせる……！」

「言うわけないでしょ」

そっ気ない態度をとりながらも、アリサの口もとは楽しそうに笑みを浮かべていた。

二人して笑いだす。

俺の心を揺《ゆ》らすのは、いつだって君の言葉で――。

《優《やさ》しさ詰《つ》め込んで、少しイジワルなんだ》

「ねえ、アリサちゃん。好きだよ」

「…………バカ」

今日から君と『本気』の恋《こい》を始める――。

◇◆◇ epilogue☆～エピローグ～ ◇◆◇

これは、絶対にデートなんかじゃない。

二学期のある休日、公園のベンチに腰《こし》かけてソワソワと待っていたアリサは、自分の胸にそう言い聞かせる。

（だいたい、デートっていうのは、彼氏彼女になった二人がするものでしょ⁉　付き合ってないんだから……これは、ほら、あれよ！）

池があり、景観のよい公園は絶好のデートスポットらしく、目の前を手をつないだカップルが通りすぎていく。ハッとして見れば、どこもかしこもデート中らしき人たちばかり。その中で、一人座っている自分は、かなり浮《う》いてしまっていた。

静かなこの場所なら、知り合いにうっかり目撃《もくげき》されることもないと思ったのに。

（誤算だったぁ――――！）

アリサは両手で顔をおおい、「う――――っ」と思わずうなった。

(やっぱり、待ち合わせ場所、変更《へんこう》してもらおう！)

バッグから急いで携帯《けいたい》をとりだすと、すぐに新着メッセージを知らせる音が鳴る。

「わっ!!」

あたふたしながら確かめると、『もうすぐ着くから』と書かれていた。

「えっ、もう!?」

公園の時計を見れば、待ち合わせ時間の五分前になっていた。

急に緊張《きんちょう》してきたアリサは、意味もなく立ったり座ったりを繰《く》り返し、挙動が怪《あや》しくなっていた。そんな自分に気づいて、ストンとベンチに座り直す。

「やっぱり、やめておけばよかった……」

なんで、『明日《あした》、ヒマ？』なんてメッセージに、『ヒマだけど』なんて返事をしてしまったのだろう。お風呂《ふろ》上がりで、きっとボーッとしていたからだ。

おまけに、一番お気に入りの服まで着てきてしまった。

(これじゃ、張り切りすぎた人みたいじゃない！)

もう、帰りたい。今すぐ帰って、クローゼットの中に隠《かく》れてしまいたい。

「これは、絶対、デートじゃないしっ!!」

思わず声が大きくなって、周りの人たちの注目を集めてしまう。

(会いたかったのは……あの人じゃなくて……)


顔を上げたアリサの目に、歩いてくる健の姿が映る。学校にいる時とは違《ちが》う、私服姿だった。

その腕《うで》に抱《かか》えられているのは子猫《こねこ》のクロだ。

「アリサちゃん、もう来てたんだ」

そう言いながら笑顔《えがお》でやってくる健に、アリサはバッと立ち上がる。

「ご、五分前行動を心がけているだけよ」

五分前どころか、十五分以上前からここに座っていたなんて言えない。

「もしかして、楽しみにしてくれてた?」

顔をのぞきこむようにしてきかれ、その瞳《ひとみ》から逃《に》げるように顔をそらす。

「その子に会うのをね」

「……俺は?」

「おまけ!」

「じゃあ、せっかくだから、そのおまけと……」

健は目を細め楽しそうな表情で、アリサにクロを渡《わた》してくる。

「どこかに行く?」

いつもなら、「行きません」と即答《そくとう》していた。でも、その言葉がすぐに出てこない。

(わかってる。これはデートじゃない)

でも、うっかり待ち合わせのメッセージにOKしてしまってから、心はずっと浮き立っていた。クローゼットの中からお気に入りの服を全部引っ張りだして、何度も試着して。

落ち着かなくて、夜更《よふ》かししてしまって、いつもよりも早めにセットした目覚まし時計の音に起こされて飛び起きた。

念入りに髪《かみ》も服もととのえて、祖父にも母にも笑われながら、家を出たのが一時間以上も前。

本当は楽しみで仕方ない。デートでなくても、会えると思えば心臓はいやでも高鳴ってしまう。


「公園一周くらいなら……」

「そーいや、ここって有名なデートスポットなんだよなー。あっ、そうだ。ボートのる?」

ドキッとして、アリサはそれをごまかすように思い切り顔をしかめた。

「やっぱり、やめておく」

「映画は？　アリサちゃんって、なにが好きなの？　邦画《ほうが》？　洋画？　アニメとか？　俺、なんでもいけるよ？　ホラーとか大丈夫《だいじょうぶ》なら、今、すげー怖《こわ》いのやってるし！」

いつものように調子にのって話しだす健と、並んで歩く。

「映画館に猫の持ち込みは禁止です」

「それじゃ、猫カフェ！」

「猫がいるからいいってものじゃないでしょ」

「駅前の広場のクレープとかどう？　秋限定マロンクリーム出てたし」

「それなら……まあ……」

チラッと横目で見ると、健の顔がうれしそうにほころぶ。子供みたいに瞳が輝《かがや》いていた。

「じゃあ、急がないと。わりと並ぶからさー」

「あっ、ちょっと！」

健に手をとられて、アリサは少し足を急がせた。そうしないと遅《おく》れそうになる。

「ちょ、ちょっと。誰《だれ》かに見られたら、誤解される！」

「誤解ってー？」

わかっているくせに意地悪くきいてくる健に、アリサは声を小さくする。

「だから、デート……」

「だって、デートだし？」

肩《かた》ごしにふり返った健が、ニコッと笑う。

顔が真っ赤になっていくのがわかって、アリサは自分の口に手の甲《こう》を押し当てた。

素直《すなお》になればいいのに。

そう思いながらもまだ、近づいた距離《きょり》になれなくて、意地を張ってしまうこともある。

でも――好きなものは好きって言いたい。

『この恋《こい》は……まだ、始まったばかりだ』

HoneyWorks メンバーコメント！

Gom

shito

イジワルな出会い 小説化
ありがとうございます。
読んでくれた人の心を揺らす事ができれば
嬉しいです。

『イジワルな出会い』
小説化ありがとうございます!!

違うようで似ている… そんな2人の新たな出会いと物語!! ハニワキャラの中でも特にクセのあるこの2人のやり取りがとても好きです!!

ヤマコ

cake

小説版「イジワルな出会い」のお買い上げ
ありがとうございます!!

僕は学生時代にまーったくといって
出会いがありませんでした。
ツバケン達の世界に入って楽しみたい人生でした(笑)
恋愛に限らず素敵な出会いが皆様にありますように♪

cake

軽い恋愛 ×99 < 本気の恋愛

ziro

ziro

祝
イジワルな出会い
小説化
ろこる
ろこる
祝 イジワルな出会い 小説化!!
シバケーン!!
待ってたよ シバケーン!!
何だかんだ 優しいチャラ男 大好きです…
モゲラッタ
モゲラッタ
サポートメンバーズ!
イジワルな出会いか…
イジワルな出会いねぇ…
Oji
Atsuyuki!
僕も イジワルな出会いをしてみたい…。
Atsuyuki

特別協力／藤谷燈子

「告白予行練習 イジワルな出会い」の感想をお寄せください。
おたよりのあて先
〒102-8078 東京都千代田区富士見1-8-19
株式会社KADOKAWA 角川ビーンズ文庫編集部気付
「HoneyWorks」・「香坂茉里」先生・「ヤマコ」先生
また、編集部へのご意見ご希望は、同じ住所で「ビーンズ文庫編集部」
までお寄せください。

告白予行練習《こくはくよこうれんしゅう》
イジワルな出会《であ》い
原案／HoneyWorks 著／香坂茉里《こうさかまり》

角川ビーンズ文庫 BB501-9 20624

平成29年11月1日 初版発行

発行者——三坂泰二
発 行——株式会社KADOKAWA
〒102-8177 東京都千代田区富士見2-13-3
電話 0570-002-301（ナビダイヤル）
印刷所——旭印刷 製本所——BBC
装幀者——micro fish

ISBN978-4-04-106118-3C0193 定価はカバーに表示してあります。

原案／HoneyWorks
著／藤谷燈子、香坂茉里
イラスト／ヤマコ
告白予行練習
シリーズ
青春系胸キュンボカロ楽曲の名手、
HoneyWorksの代表曲、続々小説化!!
好評既刊
1．告白予行練習
2．告白予行練習　ヤキモチの答え
3．告白予行練習　初恋の絵本
4．告白予行練習　今好きになる。
5．告白予行練習　恋色に咲け
6．告白予行練習　金曜日のおはよう
7．告白予行練習　ハートの主張
8．告白予行練習　イジワルな出会い
以下続刊

●角川ビーンズ文庫●

第15回角川ビーンズ小説大賞
〈優秀賞〉&〈読者賞〉受賞作
「王家の裁縫師《さいほうし》レリン
春呼ぶ出逢いと糸の花」
藤咲実佳《ふじさきみか》　イラスト／柴田五十鈴《しばたいすず》
読者審査員
支持率
No.1!
天賦の才で逆境を生きぬく、
シンデレラガール登場!
2017年11月1日発売予定
●角川ビーンズ文庫●

恋愛予報
西本紘奈
イラスト／たま
三角
カンケイ
警報・発令中！
〝幼なじみ〟は
〝彼女〟になれませんか？
西本紘奈×たまが贈る、
恋のトキメキ満開ストーリー!!
恋愛運が天気予報マークで見えちゃう
ヒカリは、幼なじみの祐生に片思い中。
思いきって告白しようとしたら、突然
【三角関係警報】が現れた！　さらに祐
生と仲のいい転校生が現れ……ヒカリ
は無事に告白できるの!?

●角川ビーンズ文庫●

ロミオとシンデレラ
原案／doriko
著／西本紘奈
イラスト／nezuki
伝説入りのボカロ恋愛ソング、
ファン待望の小説化!!
クリプトン・フューチャー・メディア公認
未紅は、女の子らしいことが大の苦手な高校2年生。
以前、電車で助けてくれた学校の王子様・蒼真くんに密かに憧れているけど、
気持ちを伝えられないまま。しかしバレンタインの翌日、突然彼から告白されて!?
好評発売中『ロミオとシンデレラ 前編～ジュリエット編～/後編～シンデレラ編～』
ill. by nezuki © Crypton Future Media, INC. www.piapro.net piapro

●角川ビーンズ文庫●

「脳漿炸裂ガール」「厨病激発ボーイ」に続く、
新たなる、れるりりワールド!!
僕がモンスターになった日
原案:れるりり
(Kitty creators)
著:時田とおる
イラスト:MW
(Kitty creators)
大好評発売中!!
疾斗が目を覚ますと、幼なじみの護、美少女・つかさ、生徒会長の悠弦、お調子者の功樹の姿が。共通点はゲームで『レベル99』になったこと。そこで突然モンスターに襲われ、魔王を倒すまで出られないと知り……!?
角川ビーンズ文庫

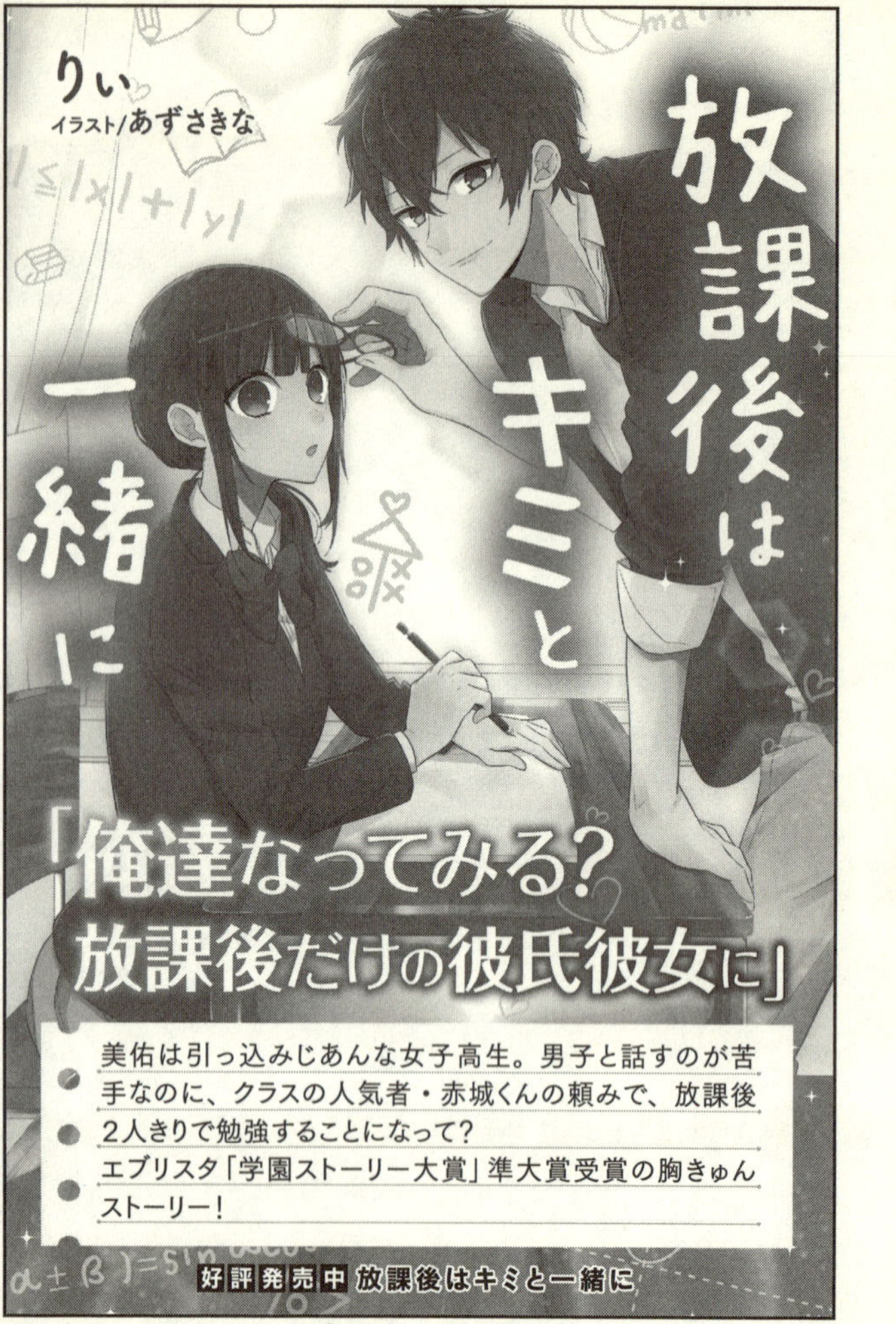
りぃ
イラスト/あずさきな
放課後はキミと一緒に
「俺達なってみる？
放課後だけの彼氏彼女に」
美佑は引っ込みじあんな女子高生。男子と話すのが苦手なのに、クラスの人気者・赤城くんの頼みで、放課後2人きりで勉強することになって？
エブリスタ「学園ストーリー大賞」準大賞受賞の胸きゅんストーリー！
好評発売中 放課後はキミと一緒に

●角川ビーンズ文庫●

秋吉《あきよし》理帆《りほ》
イラスト◆藤原ゆか
2017年12月1日発売予定！

新作『運命の彼は、キミですか？』

昨日のアイツ、今日の君。

Kinou no aitsu kyou no kimi
昨日「好き」って言ってくれた君は、誰――？

心ふるわす初恋ストーリー！

同じクラスの折坂くんに告白された高校2年生の鈴。

でも翌日、折坂くんに別人のようにそっけなく「告白なんて、してない。勘違いじゃねーの？」なんて言われて!?

エブリスタ「学園ストーリー大賞」準大賞受賞作！

●角川ビーンズ文庫●

第17回
角川ビーンズ小説大賞
ジュニア部門スタート！
2017年
10月1日から
受付スタート！
18歳までなら
誰でも
応募できるよ！
「恋愛裁判」原案の
「厨病激発ボーイ」原案の
審査員は40mP&れるりり!!
みんなの「スキ」を読んでもらうチャンス！
くわしくは ビーンズ文庫 検索
イラスト／たま、穂嶋 (Kitty creators)、ヤマコ